KB159731

배속간을
어찌 내고
들인단
말
이
냐

국어시간에

배 속 간을 어찌 내고 들인단 말이냐

처음 펴낸 날 · 2016년 4월 16일
3쇄 펴낸 날 · 2021년 1월 5일

풀어쓴이 · 정혜원 | 그린이 · 이지은
기획 · <국어시간에 고전읽기> 기획위원회, (주)간텍스트
펴낸이 · 김종필 | 편집장 · 나익수 | 기획위원 · 최혜정

디자인 · (주)간텍스트 | 아트디렉터 · 조주연, 남정 | 디자이너 · 김유나, 천병민 | BI 디자인 · 김형건

인쇄 · 현문인쇄 | 영업 최광수
출고 · 반품 | (주)문화유통북스 박병례, 임금순, 한영미
종이 | (주)한솔PNS 강승우

펴낸곳 · (주)도서출판 나라말
출판등록 · 제25100-2017-000044호
주소 · 03421 서울시 은평구 역촌동 83-25 정라실크텔 603호
전화 · 02 - 332-1446 | 전송 · 0303-0943-3110
전자우편 · naramalbooks@hanmail.net

값 · 11,000원

ISBN 978-89-97981-19-9 44810
978-89-97981-00-7 (세트)

* 이 도서의 국립중앙도서관 출판예정도서목록(CIP)은 서지정보유통지원시스템 홈페이지(http://seoji.nl.go.kr)와 국가자료공동목록시스템(http://www.nl.go.kr/kolisnet)에서 이용하실 수 있습니다.(CIP제어번호: CIP2016007332)

고전읽기 008 _ 토끼전

배속간을 어찌 내고 들인단 말이냐

나라말

● 제길을 붙고 찢어발길 놈아.

● 배 속에 달린 간을 어찌 내고 들인단 말이냐? ● 병든 용왕 살리려고 멀쩡한 내가 죽을쏘냐. **● 미련하더라, 너희 용왕과 수궁 신하들이 모두 미련하더라.** ● 너희 용왕 지혜롭기 나와 같고, 내가 미련하기 너희 용왕 같으면 영락없이 죽었을 것이요, 내 밑구멍이 셋이 아니라면 내 목숨이 어찌 살았으리. **● 내 돌아간다, 나는 돌아간다. 흰 구름 뜬 청산으로 나는 간다.**

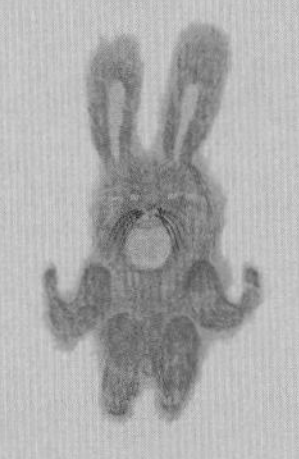

〈국어시간에 고전읽기〉를 펴내며

『춘향전』은 '어사출두요!' 하는 장면. 『구운몽』은 성진이 꿈에서 깨어나는 장면.

거기서 끝이 나 버린다. 교과서는 지면의 한계가 있고 수업은 진도에 쫓기다 보니, 국어 시간에 읽는 고전은 그렇게 끝나 버리는 경우가 많았다. 춘향이를 보고 첫눈에 반한 이몽룡이 얼마나 안절부절못했는지, 한양으로 떠나는 이몽룡을 붙들고 춘향이가 얼마나 서럽게 울었는지 모른 채 『춘향전』의 주제는 '신분을 초월한 사랑을 통해 드러나는 인간 해방 사상'이라고 가르치고 배웠다. 내가 성진이 되어 양소유로 환생한다면 어떤 근사한 삶을 살아 보고 싶은지, 상상의 나래를 펼쳐 볼 기회도 없이 『구운몽』은 '몽유 구조라는 전통적인 액자 형식'으로 되어 있다고 가르치고 배웠다.

이제는 국어 시간에 제대로 고전을 읽어 볼 수 있었으면 좋겠다. 제대로 읽으려면 어떻게 해야 할까? 낯설고 어려운 옛말을 현대어로 풀이하고 밑줄을 그으며 분석하는 데만 골몰할 것이 아니라, 먼저 이야기 자체에 푹 빠져 보는 것이다. 고전은 오랫동안 많은 사람들에게 감명을 주며 오늘날까지 전해져 온 유산이기에 시간과 공간을 초월하여 즐거움과 깨달음을 전해 주는 보편성을 가지고 있다. 한편으로는 오늘날의 삶이 아닌 과거의 삶에서 피어난 이야기이기에 현대인이 경험해 보지 못한 새로운 세계를 펼쳐 보여 주는 특수성도 가지고 있다. 그러므로 고전은 어렵고 낯설고 지루한 것이 아니라, 즐겁고 신선하고 지혜로 가득 찬 것이라 할 수 있다.

대문호 셰익스피어의 작품들은 영국의 고전을 넘어서서 세계의 고전으로 칭송받고 있다. 영국에서는 그런 셰익스피어의 작품들이 널리 읽힐 수 있도록 옛말로 쓰인 원작을 청소년들이 읽을 수 있는 쉬운 현대어로, 어린아이도 읽을 수 있는 아주 쉬운 동화로 거듭 번역해서 내놓는다. 그리하여 셰익스피어의 작품들은 책이나 연극으로는 물론 만화로도, 영화로도, 드라마로도 계속해서 다시 태어나고 있다.

그런 희망을 담아 〈국어시간에 고전읽기〉를 펴낸다. 우리 고전을 사랑하는 사람들의 손을 거쳐 벌써 여러 작품이 새롭게 태어났다. 고전의 품위를 훼손하지 않으면서도 청소년들이 어렵지 않게 이해할 수 있는 말을 골라 옮겼고, 딱딱한 고전이 아니라 한 편의 아름다운 이야기로 독자들에게 다가가기 위해 새로운 제목을 붙였으며, 그 속에 녹아 있는 감성을 한층 더 생생하게 전할 수 있도록 정성스러운 그림들로 곱게 꾸몄다. 또한 고전의 세계를 여행하는 데 도움을 줄 '이야기 속 이야기'도 덧붙였다.

〈국어시간에 고전읽기〉와 함께 국어 시간이 고전의 바다에 풍덩 빠져 진주를 건져 올리는 시간이 되기를 바란다.

〈국어시간에 고전읽기〉 기획위원회

『토끼전』을 읽기 전에

대부분의 청소년들은 『토끼전』을 전래 동화라고 생각한다. 초등학교 들어가기 전부터 그림책과 동화책으로 자주 보았기 때문이다. 그래서 토끼와 자라가 서로 속고 속이다가 겨우 살아 돌아오는 이야기쯤으로 알고 있기 쉽다.

단언하건대, 『토끼전』은 뻔한 이야기가 아니다. 우선 등장인물이 많고 이야기가 흥미롭다. 토끼와 자라가 주요 인물이지만 수많은 수중 동물들과 육지 동물들이 조연으로 활약하고 있다. 또한 그들이 벌이는 사건을 따라가는 것도 만만치 않다. 특히 토끼가 용왕을 속이고 살아 돌아오는 장면은 매우 사실적이고 구체적으로 그려져 있어서 누구라도 깜박 속아 넘어가게 된다. 더욱이 이 책은 『토끼전』의 여러 이본 가운데 잘 알려지지 않은 재미있는 내용을 수집하여 구성했다. 예를 들면, 토끼와 자라 아내의 로맨스는 어디에서도 찾아볼 수 없는 다소 황당하지만 신선한 이야기이다. 또한 토끼가 육지로 돌아온 뒤 벌어지는 후일담도 토끼의 입장에서 아슬아슬하지만 읽는 우리는 배꼽을 쥐게 된다.

또한 주제 면에서 『토끼전』은 만만치 않은 작품이다. 흔히 자라의 충성심을 주제라고 생각하기 쉽지만, 평소에는 충성하는 체하다가 위급한 상황에서 본색을 드러내는 수중의 고위 관료들의 이중성을 비판하기도 하고, 용왕을 쥐락펴락 가지고 놀며 우롱하는 토끼를 통해 최고의 권력을 풍자하기도 한다. 뿐만 아니라, 먹고 먹히는 동물들의 관계를 생태적인 시각으로 접근할 수도 있고, 낯선 외국인에 대한 차별과 탄압이라는 측면에서 다문화의 문제로 치환할

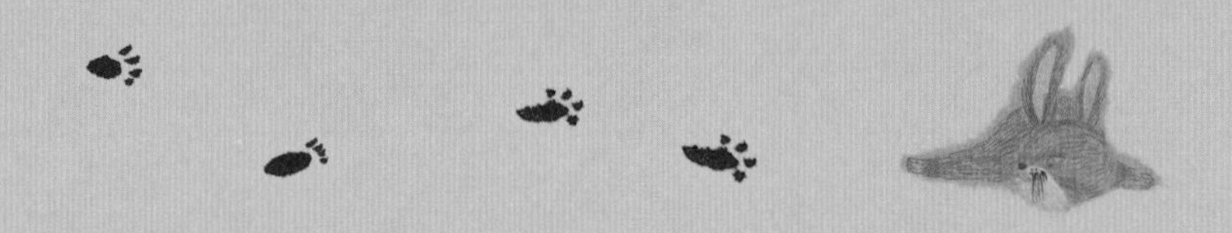

수도 있다. 그와 같이 어떤 시각으로 보느냐에 따라 『토끼전』에서는 다양한 주제를 끄집어낼 수 있다.

『토끼전』이 단순하지 않다고 해서 어렵다는 말이 아니다. 무엇보다 중요한 것은 우선 재미이다. 삼십 초에 한 번씩 웃음을 터뜨리는 코미디만큼이나 재미있다. 게다가 풍성한 생각거리, 토론거리를 품고 있으니 무엇을 더 바라겠는가. 그러므로 『토끼전』은 우리가 널리 읽고 후손에게 물려주어야 할 소중한 고전임에 틀림없다.

정혜원

이야기 차례

●●● 〈국어시간에 고전읽기〉에는 이야기의 재미와 이해를 돕기 위한
'이야기 속 이야기'가 함께합니다.

배속간을
어찌 내고
들인단
말
이
냐

하나

병든 용왕이 설리 운다

동서남북에 너른 바다가 있고, 그곳을 네 명의 용왕이 각각 다스렸으니, 동해는 청룡 광연왕이요, 서해는 백룡 광덕왕이요, 남해는 적룡 광리왕이요, 북해는 흑룡 광택왕이라.

갑신년 초가을, 남해 광리왕이 영덕전이라는 큰 집을 새로 짓고, 축하 잔치를 크게 베풀 적, 세 바다의 용왕은 물론이고, 하늘나라 옥황의 사자들과 육지의 이름난 산신들 같은 물 밖 귀한 손님들이 초대되었으며, 수궁 조정의 벼슬아치들과 백성들도 일손을 잠시 놓고 다함께 흥에 겨워 마음껏 거드럭거리며 잔치를 즐겼다.

잔칫상에 세상의 온갖 맛 좋은 음식과 향기로운 술이 철철 넘쳐흘렀고, 신선이 먹는다는 귀한 약재가 아무렇지 않게 오고 갔다. 술이

거나해지자 악어가죽으로 지은 북과 옥을 깎아서 만든 피리 소리가 장중하게 울려 퍼졌다. 거문고, 해금, 장구에 맞춰 수궁의 무희들은 비단 같은 지느러미를 흐느적흐느적하며 춤을 추었다. 아름다운 여인들과 술, 음악, 춤이 어우러진 잔치는 밤낮없이 이어지다가 사흘 만에 끝났다.

늙은 용왕이 술과 여인에 둘러싸여 심하게 즐기느라 기력이 급격히 쇠한 데다, 물 밖 손님들이 몰고 온 바람을 지나치게 쏘였는지 잔치가 끝나자 온몸에 병이 들었는데, 참으로 괴이하게도 병이 꼭 두 가지씩 짝을 맞추어 왔다. 머리에는 두통과 부스럼이 더불어 생기고, 눈에는 안질과 쌍다래끼가 함께 나고, 코에는 혹과 부스럼이 동시에 돋아나고, 입에는 혓바늘과 설강증이 쌍으로 일어났다. 그뿐 아니라 등 부스럼과 유주담, 무릎 시림과 학슬풍, 소화 불량과 급체, 설사와 고름똥, 다리 부스럼과 다리 부기를 모두 짝을 맞춰 앓게 되었다. 그리하여 용왕의 온몸이 퉁퉁 부어오르는데 배는 종루에 걸어 둔 큰 종 같고, 손가락이 다리같이, 정강이가 허리같이 굵어졌다.

용왕은 수많은 병을 온몸에 짊어지고 눈을 끔적끔적, 코를 벌렁벌렁, 불알을 달랑달랑하며 하릴없이 누워 있었다. 수궁의 어의가 급히 들어와 아무리 맥을 짚어도 무슨 병인지 짐작조차 할 수 없었다. 그제

∞ **옥황(玉皇)** — 도교에서 하느님을 이르는 말.
∞ **안질(眼疾)** — 눈에 생긴 병.
∞ **설강증(舌强症)** — 혀가 딱딱하게 굳는 병.
∞ **유주담(流注痰)** — 몸이 욱신거리고 부어오르는 병.
∞ **학슬풍(鶴膝風)** — 무릎이 붓고 다리가 말라서 오그리거나 펴지 못하는 병.
∞ **종루(鐘樓)** — 시간을 알리기 위해 종을 매달아 놓은 누각.

야 수궁 조정의 중요한 신하들이 황황히 무리지어 대궐로 들어왔다.

"나라는 태평하고 백성들은 편안한 좋은 시절인데, 과인 홀로 괴이한 병을 얻어 남해 수궁 영덕전에 쓸쓸히 누웠구나. 어의는 원인은커녕 병명도 모른다 하니 어느 누가 나를 살릴거나. 세상에 처음 의약을 베푸신 신농씨와 화타 편작 같은 명의를 만난다면 모를까 과인이 살아나기는 다 틀렸도다. 이 일을 장차 어찌한단 말인가."

용왕의 신음 소리가 유언처럼 울려 퍼지니, 우승상 잉어가 눈물을 닦고 다른 신하들을 향해 말했다.

"우리가 가만히 앉아 있다고 용왕 전하의 병이 나을 리 없으니 방법을 찾아봅시다."

잉어의 말이 옳다 하고 무슨 약이 좋을지 어전 회의를 열었다. 조정에 가장 늦게 나와 입을 꾹 다물고 있던 붕장어가 톡 나서서 입빠른 소리를 했다.

"수삼일 동안 지나치게 술 마시고 노시느라 양기가 부족해서 걸린 병인 듯합니다. 물개의 쓸개를 올리면 반드시 효과가 있을 것입니다."

잉어가 수라간에 일러 물개의 쓸개를 올리게 했으나 용왕의 병세는 전혀 효과가 없었다. 붕장어 때문에 귀한 막내아들을 잃은 물개가 씩씩거리며 나섰다.

"찬바람을 과하게 쏘이셔서 폐병에 걸리신 것이 분명합니다. 붕장어를 댓 마리 다려서 잡수시면 씻은 듯이 나으실 것입니다."

물개의 말에 붕장어의 수염이 파르르 떨렸다. 곧 수궁 포도대장이 나가 붕장어의 손자 손녀를 잡아다가 푹 고아 용왕에게 바쳤지만 붕장어탕도 효험이 없기는 마찬가지였다.

이번에는 붕장어와 물개가 의기투합하여 한목소리로 아뢰었다.

"음식을 지나치게 포식하시어 비장과 위장이 상했을지도 모릅니다. 비장과 위장을 보하려면 부어만 한 것이 없지요."

사촌 부어를 약으로 쓰자는 말에 잉어의 얼굴이 누렇게 떴다. 졸지에 사촌을 잃게 된 잉어는 스스로 벌인 일의 결과인지라 할 말이 없었다. 그러나 부어를 먹은 뒤 용왕의 병은 더욱 심해졌고, 신하들도 말없이 눈알을 뒤룩거리며 눈치를 보았다.

"아무래도 안 되겠소. 용왕 전하를 살려 달라고 하늘을 다스리는 옥황상제께 빌어 보는 것은 어떠하오?"

좌승상 거북의 말에 신하들은 기다렸다는 듯 고개를 끄덕이며 목소리를 높였다.

"옳소이다."

"그거 좋은 생각이오."

수정궁 뒤뜰에 단을 높이 쌓은 뒤, 소박하게 준비한 술과 음식을 차려 놓고 거북이 제관이 되어 향을 사르고 축문을 읽었다. 소지에 불을 붙이자 하얀 재가 바람을 타고 하늘 높이 너울너울 올라갔고, 신하들은 하늘에서 좋은 소식이 내려오기를 간절히 빌었다.

제사를 지낸 뒤 사흘째 아침이 되자, 갑자기 오색구름이 비단처럼 수정궁을 뒤덮더니, 꽃향기가 그윽하게 퍼지며 연기 같은 보랏빛 안

∞ **과인(寡人)** — 임금이 자기를 낮추어 이르던 말.

∞ **신농씨(神農氏)** — 중국 고대 신화에 나오는 농사 · 의술 · 상업의 신.

∞ **화타(華陀) 편작(扁鵲)** — 중국의 대표적 명의.

∞ **수라간** — 궁궐에서 임금의 밥을 만들던 부엌.

∞ **부어(鮒魚)** — 잉엇과에 속한 물고기.

개 속에서 한 신선이 내려왔다. 푸른 창의에 허리에는 해와 달 모양의 패를 차고 손에는 흰 깃털 부채를 쥔 신선이 용왕 앞에 다가와 두 손을 단정하게 모으며 공손히 인사했다.

"저는 하늘나라 신선으로 약수 삼천 리 해당화를 구경한 후, 흰 구름 속 요지에서 열리는 잔치에 초대를 받고 삼천 년마다 열린다는 복숭아를 얻으러 내려가다가, 바람결에 용왕의 병환이 깊다는 말을 듣고 뵈옵고자 왔습니다."

용왕이 귀한 손님을 맞기 위해 궁녀들의 부축을 받으며 간신히 몸을 일으켰다.

"보잘것없는 곳에 하늘나라 신선이 오시다니 감사한 일이오. 과인이 병이 깊어 움직일 수 없기에 대문 밖까지 마중을 나가지 못하였소. 무례하다 여기지 말고 특효가 있는 약을 가르쳐 주오."

"우선 맥을 짚어 보겠나이다."

용왕이 황금으로 수놓은 이불 밖으로 발 하나를 내어 주니, 눈을 지그시 감고 맥을 보던 신선이 심상치 않은 표정을 지었다.

"세상 만물의 성질은 화(火), 목(木), 금(金), 수(水), 토(土) 다섯 가지로 구분할 수 있습니다. 그것을 오행이라 하지요. 우리 몸을 오행에 비교하면 심장과 소장은 '화'요, 간과 쓸개는 '목'이요, 폐와 대장

∞ **축문(祝文)** — 제사 지낼 때 신에게 고하는 글.

∞ **소지(燒紙)** — 신에게 소원을 빌기 위해 종이를 불살라 공중에 올림.

∞ **창의(氅衣)** — 벼슬아치가 평소에 입던 소매가 넓은 옷.

∞ **약수(弱水)** — 중국 서쪽에 신선이 산다는 삼천 리나 되는 전설의 강.

∞ **요지(瑤池)** — 중국 전설상의 여신 서왕모가 살던 곤륜산의 신비한 연못. 삼천 년마다 한 번 열리는 반도라는 복숭아, 희귀한 새, 특이한 화초들로 꾸며졌다고 함.

은 '금'이요, 신장과 방광은 '수'요, 지라와 위는 '토'입니다."

신선이 잠시 숨을 고쳐 쉬기만 해도 용왕과 신하들은 매우 놀라서 침을 꼴깍거렸다.

"용왕의 몸 상태를 보니 독한 술과 기름진 음식을 좋아하고, 지나치게 여자를 밝혀 간이 크게 상하였습니다. 즉 간에 해당하는 목이 토를 거슬렀으니 지라와 위가 상하였고, 지라의 역할이 불안정하니

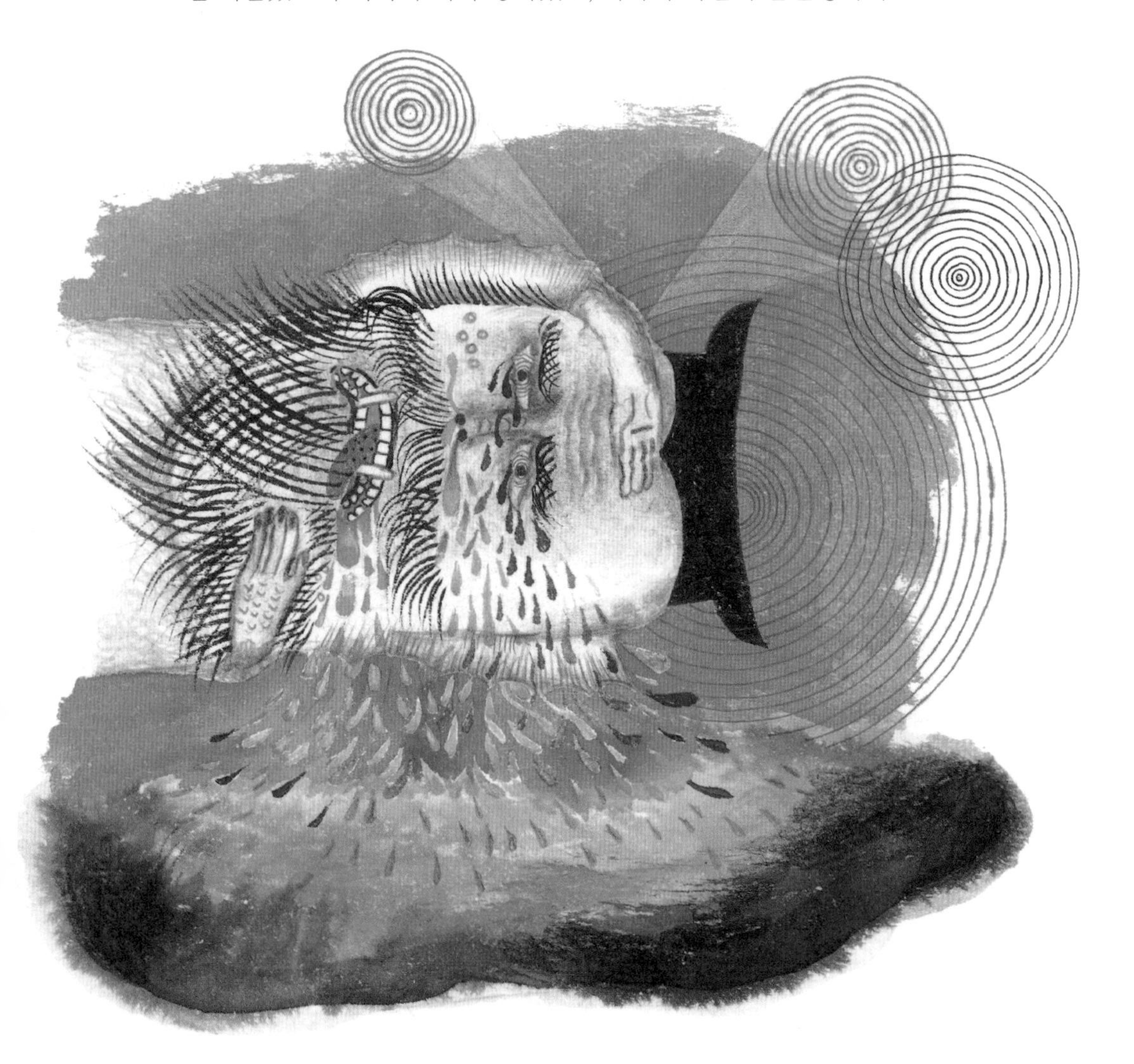

정력이 약해졌으며, 간과 쓸개가 따라서 힘을 잃게 되었습니다."

용왕이 골치 아프다는 듯 고개를 흔들었고, 신하들도 무슨 말인지 뜻을 몰라 눈망울을 끔벅거렸다.

"결국 음기가 부족하여 열과 땀이 많이 나고 식욕이 떨어져 기력이 약해졌습니다. 또한 몸속의 모든 장기가 다 상하여 온몸의 건강을 잃게 되었다는 말씀입니다. 또한 마음이 고요하면 만병이 멎고, 마음이 요동치면 만병이 생기는 법인데, 심장의 박동이 약하니 무슨 병인들 안 나겠습니까?"

신선이 말을 끊고 신하들을 휘 둘러보자, 용왕의 병이 이 지경이 될 때까지 뭐 했느냐고 꾸짖는 것 같아서, 신하들은 기가 팍 죽은 얼굴로 눈치를 힐끔힐끔 보며 약 처방을 기다렸다.

"일단 몸속 장기를 보호하는 것이 급하니 보중탕을 잡수셔야 합니다. 보중탕에는 숙지황 닷 돈, 산사유 천문동 세신 각 두 돈, 육종용 택사 앵속 각 한 돈, 감초 칠 푼이 들어갑니다. 물 한 되를 부은 뒤 반만 남을 때까지 오래 끓여 스무 첩을 계속 드셔야 합니다."

처방이 떨어지자 어의가 약재를 구해다가 정성껏 다렸고, 용왕은 보중탕 스무 첩을 한 방울 남김없이 다 먹었지만 차도를 보이지 않았다. 오히려 설사가 나서 밤낮없이 물똥을 싸느라 기운이 달릴 지경이나, 오직 믿을 곳이라고는 신선밖에 없었다.

설사를 잡기 위해 백출탕을 지어 올리자, 어지럼증이 찾아와 용왕은 고개를 들 수 없었다. 게다가 기침과 가래가 끊이지 않으니 신선은 몸속에 열이 쌓여 생긴 증상이라며 이번에는 강활탕을 처방으로 내놓았다. 약이 점점 늘어났으나 병은 나을 기미를 보이지 않았고, 용왕은 약을 먹다가 배가 터져서 죽을 판이었다. 인간의 똥, 두꺼비

오줌, 곰의 쓸개까지 병에 좋다는 약을 두루 써 보았지만 백약이 무효였다.

신선은 한숨을 길게 내쉰 뒤 침통을 가져오게 하고, 중요한 혈 자리를 찾아 열두 군데에 차례로 침을 놓았으나, 병세는 전혀 나아질 기미가 없었다. 신선이 어두운 낯빛으로 머리를 흔들며 마지막으로 용왕에게 맥을 한 번 더 보겠노라 말했다.

"맥이 놀라서 크게 움직이고 있습니다. 지라와 위의 경락이 상하여 배 속에서 난 병이고, 또한 배 속이 결려 아픈 것은 분한 마음을 삭이지 못하여 화가 병이 된 것입니다. 그 결과 음양이 조화를 이루지 못하여 오장육부에 여러 가지 탈이 생겼고, 눈자위가 누리끼리한 것을 보니 또한 황달이 분명합니다. 아직 써 보지 않은 약이 한 가지 있기는 합니다만……."

신선이 말을 멈추고 뜸을 들이니, 용왕과 신하들이 신선을 뚫어져라 보았다.

"그것이 무엇이오? 답답하니 어서 말을 하시오."

"별것은 아니오나 다만 물속에 없는 것인지라……."

"대체 무엇이란 말이오?"

∞ **보중탕(補中湯)** — 원기를 돕고 감기를 내리게 하는 한약.
∞ **돈** — 한약재나 금은의 무게를 재는 단위로 한 푼의 열 배.
∞ **푼** — 무게를 재는 단위로 약 0.375그램.
∞ **되** — 곡식, 가루, 액체의 양을 재는 단위로 한 말의 십분의 일.
∞ **첩** — 봉지에 싼 한약의 뭉치를 세는 단위.
∞ **백출탕(白朮湯)** — 구토와 설사를 낫게 하는 한약.
∞ **강활탕(羌活湯)** — 몸속의 열을 빼내고 통증을 가라앉혀 주는 한약.

용왕이 홧김에 불을 뿜자 신선이 겨우 입을 열었다.

"인간 세상 깊은 산속에 사는 토끼 간을 잡수셔야 차도가 있겠습니다."

토끼 간이란 말에 용왕의 누런 눈이 더욱 튀어나왔고, 신하들도 뜬금없다는 듯 벌어진 입을 다물지 못했다.

"어찌 신농씨가 약이라 이른 백 가지 풀은 약이 아니 되고, 인간 세상의 조막만 한 토끼 간이 약이 된다는 말이오?"

용왕이 기가 막혀 묻자 신선이 두 손을 맞잡고 아뢰었다.

"약이란 서로 같아 화합하거나 서로 달라 충돌하는 것을 쓰는 법입니다. 지상의 토끼는 양이요, 수중의 용왕 전하는 음이오니 상극에 해당합니다. 또한 토끼는 해가 뜨는 부상이라는 곳에서 닭이 울 때 양기를 받아먹고, 해 지면 월궁에 들어가 계수나무 아래 불로초 불사약을 방아에 찧으며 음기를 받아먹으니, 일월의 음양 정기가 모두 그 간 속에 들었나이다."

"아무리 그렇다고 해도 멀고 아득한 인간 세상은 바다 건너 만 리나 떨어져 있소. 또한 토끼는 해와 달이 밝은 인간 세상의 산과 들판에서 정한 곳 없이 쏘다니는 짐승인지라 과인이 어떻게 구할 수 있단

∞ **황달(黃疸)** — 쓸개즙의 색소가 지나치게 분비되어 피부가 노랗게 보이는 병.

∞ **부상(扶桑)** — 해가 뜨는 동쪽 끝에 있다는 신성한 나무.

∞ **월궁(月宮)** — 달에 있다는 전설의 궁궐.

∞ **불로초(不老草) 불사약(不死藥)** — 먹으면 늙지 않는다는 풀과 죽지 않는다는 약.

∞ **동방삭(東方朔)** — 중국 한나라 무제 때의 문신. 전설에 따르면
서왕모에게 복숭아를 얻어먹고 오래 살았다고 함.

∞ **황천(黃泉)** — 죽은 영혼이 돌아간다고 믿었던 저승의 강.

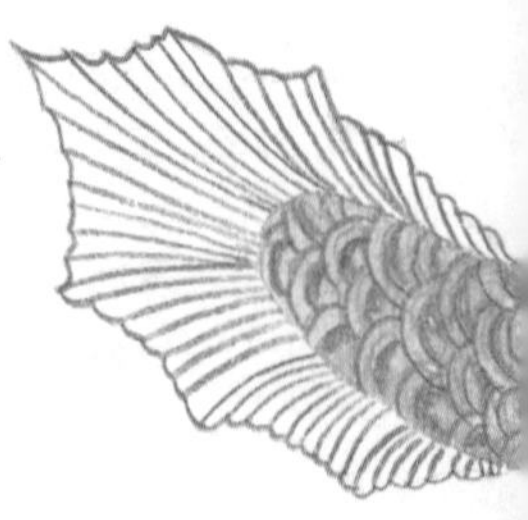

말이오. 죽기는 쉬워도 토끼를 구하기는 어려우니, 부디 다른 약을 일러 주오."

용왕이 애원을 해도 신선은 고개를 홰홰 저을 뿐이었다.

"토끼 간을 구하지 못하면 염라대왕이 삼촌이요, 동방삭이 조상님이라도 누를 황(黃), 샘 천(泉) 돌아갈 귀(歸) 하겠나이다."

"황천으로 돌아가다니, 나더러 죽으란 말이구려."

"이 넓은 수궁에 어찌 토끼 간을 구해 올 충신이 없겠습니까? 조정 대신들을 불러 명령을 내리시면 좋은 방도를 찾으실 수 있을 것입니다. 저는 갈 길이 바빠 그만 물러가겠습니다."

신선은 공손히 절하고 뒷걸음질로 물러 나갔다. 문밖으로 나가는가 싶더니 한 줌 연기처럼 간곳없이 사라졌고, 허공에서 맑고 우아한 옥퉁소 소리만 들려올 뿐이었다. 수궁 신하들은 신선이 사라진 곳을 향해 모두 고개를 깊이 숙였다.

신선이 사라지고 난 뒤 용왕은 신하들을 집으로 돌려보냈다. 홀로 남은 용왕은 깊은 시름에 잠겼다. 토끼 간을 어떻게 구할 것인가? 아무리 생각해도 뾰족한 방법이 떠오르지 않았다.

토끼와 거북, 이미지왕은 누구?

民畵

겉모습을 보고 사람을 판단하는 일은 조심해야 할 일이야.
하지만 우리가 처음 누군가를 만날 때 가장 먼저 눈에 들어오는 것은 외모일 수밖에 없는 것 같아.
외모를 보고 우리는 '저 사람은 어떤 사람일 거야.' 하는 첫인상을 가지게 되지.
이때 우리는 왠지 빼빼 마른 사람은 신경이 예민할 것 같고,
뚱뚱한 사람은 성격이 둥글둥글할 것 같다는 생각을 하곤 해. 동물에 대한 생각도 비슷한 것 같아.
우리 조상들이 동물에 대해 가진 인상도 크게 다르지 않아 보여.
자, 그럼 토끼와 거북은 사람들에게 어떤 인상을 주었는지
우리 민화에 나타난 모습을 보면서 알아볼까?

● 토끼와 거북(경북 상주시에 있는 절, 남장사의 벽화)

●● 물 위를 걸어가는 거북

●● 신령스러운 거북

● 귀엽기만 하고, 힘없는 토끼는 어떻게 지혜로운 캐릭터가 되었을까?

토끼는 달에서 방아를 찧는다는 전설이 있어 달의 정령으로 여겼고, 굴을 팔 때 통로를 세 개씩 파서 위기를 벗어난다는 '교토삼굴' 설화가 전해지기도 해. 또한 선비들은 토끼 털로 붓을 만들어 쓰기도 하였지. 이처럼 토끼는 우리에게 신성함과 지혜로움과 친근함이라는 이미지를 심어 주고 있어. 그런 이야기와 물건 들이 전해 오기 때문에 토끼가 『토끼전』의 주요한 캐릭터를 차지하지 않았을까? 토끼의 간을 구하려다 실패한 거북(혹은 자라)의 이야기를 신라 시대 김춘추가 인용했다는 삼국유사의 기록을 보아도 토끼의 이런 이미지는 1500년이 넘은 것이라 할 수가 있을 거야.

●● 신령스러운 이미지를 심어 준 거북이

『토끼전』에서 자라는 충직하면서도 어리숙한 인물로 그려지고 있어. 그런데 거북이는 사실 신령스러운 존재라 할 수 있어. 우리 전설에는 네 가지 신령스러운 동물, 즉 사영수가 있는데 바로 용, 기린, 봉황, 거북이야. 사영수는 신령스러운 동물로서 숭배를 받아 왔지. 거북이는 장수를 상징하는 길한 동물로, 그 생김새가 등 쪽은 하늘처럼 둥글고 배 쪽은 땅처럼 평평하여 우주의 축소판으로 여겨졌어. 또한 신과 인간을 이어주는 역할을 한다고 믿어졌던 최초의 문자, 하도낙서를 등에 새기고 있다고 믿어서 우리 조상들은 거북이를 상서로운 동물이라 생각하였지.

● 어떻게 변신해도 난 웃겨

토끼는 우리 민화에 아주 다채로운 모습으로 나타나고 있어. 가장 일반적인 것은 바로 『토끼전』에 나오는 토끼처럼 익살스러운 모습이야. 한편으로는 용왕 앞에 잡혀 온 토끼와 같이, 토끼는 강자를 상징하는 호랑이와 함께 등장하면서 약자를 상징하기도 해. 목에 잔뜩 힘을 준 채 거만한 자체로 긴 담뱃대를 물고 있는 호랑이 앞에서 시중을 드는 연약한 토끼 모습을 떠올려 봐. 조금 안쓰럽기는 하지만, 역시 웃음을 자아내게 하는 것은 마찬가지야.

●● 계수나무 옥토끼

토끼도 거북처럼 신령스러운 존재로 그려지기도 했어. 바로 달나라에 사는 옥토끼가 그런 모습이야. 옛날 사람들은, 달에는 계수나무 아래에서 옥토끼가 불로불사의 신령스러운 약을 찧고 있다고 믿었지. 그런데 아무리 옥토끼라고는 하지만, 방아 찧는 토끼 한 쌍과 찧어 놓은 낟알을 키질하는 토끼 모습도 해학스럽기는 마찬가지야.

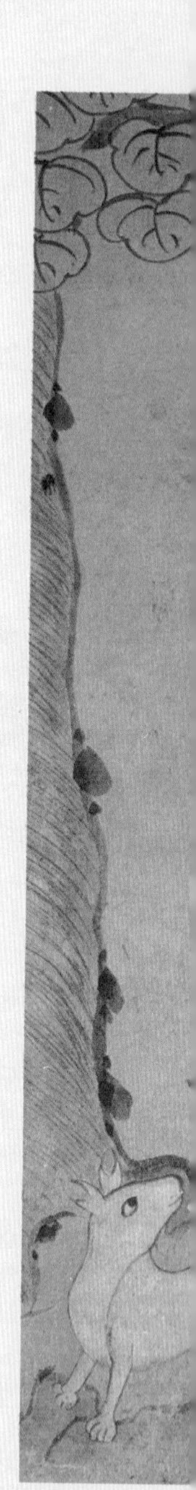

● 담배 피우는 호랑이(수원 팔달사 벽화)

● 호랑이와 토끼

●● 방아 찧는 토끼

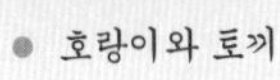

둘

토끼를 잡아올 자 누구인가

이튿날 아침 용왕은 도승지 도미를 불러 어명을 내렸다.

"수궁 조정의 만조백관과 전국의 지방 관리를 하나도 빠짐없이 들어오도록 하라. 만일 빠진 자가 있으면 어부의 그물 앞으로 유배를 보내겠노라."

용왕의 명령을 듣고 저마다 벼슬을 하나씩 차지한 수많은 물고기들이 한꺼번에 수정궁으로 몰려들었다. 영덕전으로 들어온 신하들은 문무 벼슬에 따라 동편에는 문관, 서편에는 무관이 섰고, 자리에 앉을 때마다 도미가 하나씩 이름을 불러 출석을 확인하였다.

"좌승상 거북, 우승상 잉어, 이부상서 농어, 호부 상서 방어, 예부 상서 문어, 병부 상서 숭어, 형부 상서 준어, 공부 상서 민어, 대사헌 도루묵, 대사간 가물치, 대원수 고래, 호위 장군 상어, 유격 장군 새우, 표기 장군 게, 합 장군 조개, 수문장 메기, 주부 자라, 병사 청어, 군수 물개, 현감 홍어, 좌우 나졸 금군 모지리, 솔치, 준치, 멸치, 삼치, 가재, 개구리…….”

수백 명 신하들이 영덕전 안팎으로 자리를 잡고 앉아 용왕을 향해 절을 꾸벅꾸벅하자, 수궁 높은 대신들이 다 모였으나 향내는 나지 않고 비린내가 진동했다. 용왕은 겨우 눈을 들고 가만히 내다보다가 머리를 절레절레 흔들었다.

“내가 왕이 아니라 팔월 추석 대목 생선 가게 도물주가 되었구나. 어느 신하가 세상에 나가 토끼를 구해다가 과인의 병을 구하겠느냐?”

신하들은 눈을 껌벅거리며 서로 얼굴만 쳐다볼 뿐이었다.

∞ 도승지(都承旨) — 조선 시대 왕명을 전달하던 승지의 우두머리.

∞ 문무(文武) — 학문과 무예.

∞ 도물주 — 상인 가운데 우두머리.

"경들은 임금과 신하의 도리를 알고 있는가?"

용왕이 실망하여 길게 탄식하니 좌승상 거북이 목을 길게 뺐다.

"신의 집안은 예로부터 신비롭기로 유명합니다. 하늘의 현상과 땅의 이치를 모두 알기 때문에 신의 할아버지들은 인간 세상의 수많은 어진 임금들에게 거북점으로 도움을 주었습니다. 신의 큰할아버지는 하우씨가 물을 다스릴 수 있도록 가르치셨고, 작은할아버지는 주공에게 낙양으로 도읍을 정하라고 가르쳐 주셨습니다. 그 밖에 신의 선조들이 천하를 훌륭하게 다스린 여러 성군을 도운 일은 역사에 낱낱이 기록되어 있습니다. 그러니 신이 어찌 임금과 신하의 도리를 모르겠나이까?"

"어떻게 해야 충신인가?"

"임금을 위하는 일이라면 신하가 죽기를 두려워하지 않는 것입니다. 진나라 개자추는 자기가 모시는 문공이 조나라에 망명했을 때 배고파하는 것을 보고 제 허벅지 살을 베어 먹였고, 기신이란 사람은 한나라 고조 유방이 전쟁 중 항우의 군사에게 포위되었을 때 유방을 피신시키고 대신 수레를 타고 나가 죽었습니다."

"우리 수궁에는 어찌 개자추나 기신 같은 충신이 없다는 말인가?"

용왕의 입에서 또다시 탄식이 쏟아지자, 우승상 잉어가 거북에게 지지 않으려고 나섰다.

"신의 집안은 문장으로 유명합니다. 공자도 신의 이름을 빌어다가 아들의 이름을 공리라 지었고, 신의 집안에서 등용문이라는 말도 생겼습니다. 모든 역사책을 두루 읽어 본 바에 따르면 태풍이 불어야 나무의 강인함을 알 수 있듯, 평소에는 충신을 알 수 없고 임금이 위급한 상황에 처했을 때 알 수 있습니다. 또한 태평성대에는 저마다 충신이라 하지만 지금처럼 나라가 어려울 때는 충신이 귀한 법입니다."

"과인의 병이 위중한데 쓸데없는 말이 많구나. 신선이 말하기를 토끼 간을 먹지 못하면 죽는다고 하니, 어느 신하가 세상에 나가 과인을 위해 토끼를 잡아 올 텐가?"

용왕이 버럭 화를 내고 신하들을 다그치자, 공부 상서 민어가 앞으로 나서서 무관들을 훑어보았다. 민어의 눈이 고래 앞에서 멈추었다.

"토끼라 하는 짐승의 얼굴을 본 적은 없으나 산중에서 뛰논다고 하니 매우 용맹스러울 것이 분명합니다. 대장군 고래에게 삼천 명의 날래고 용맹스러운 군사를 주어 토끼를 포위하여 잡아 오게 하소서."

고래가 분을 참지 못하고 얼굴이 벌게져서 민어를 쏘아보았다.

"바다와 육지가 다른 것은 어린아이들도 아는 일입니다. 물속의 군사가 땅에 나가 전투를 어찌 한단 말입니까? 저렇게 생각이 부족한데도 문관의 세력에 의지해 높은 벼슬에 올라 온갖 권세를 다 부리고, 조금이라도 위태로운 일은 무관에게 떠넘기려고 하니 참으로 한심하오."

∞ **거북점** — 거북이나 거북의 형상을 이용하여 운명의 좋고 나쁨을 판단하는 점.

∞ **하우씨(夏禹氏)** — 고대 중국 전설상의 인물로 하나라를 세운 우임금. 물길을 잘 이용하여 홍수를 막아서 백성들의 칭송을 받았다고 함.

∞ **주공(周公)** — 주나라를 세운 무왕의 동생으로, 조카인 성왕을 도와 주나라를 크게 발전시킨 인물.

∞ **공리(孔鯉)** — 공자의 아들. 공리가 태어났을 때 노나라 소공이 잉어를 선물로 보내와, 공자가 아들의 이름을 잉어 리 자를 써서 공리라 지음.

∞ **등용문(登龍門)** — 중국의 황하 상류에 있는 용문이란 협곡을 거슬러 오른 물고기는 용이 된다는 전설에 빗대어 선비가 출세의 관문에 들어서는 것을 의미함.

고래가 물러나자 대사헌 도루묵이 아뢰었다.

"토끼는 조그만 짐승이라 전하의 높으신 성덕으로 그까짓 것 구하기가 무엇이 어렵겠나이까? 산신령에게 토끼를 몇 마리 잡아서 보내라는 서찰을 신이 얼른 써서 올리겠나이다."

"서찰을 쓴다고 해도 누가 산신령에게 갖다준단 말인가?"

용왕이 되묻자 도루묵은 입을 다물었다. 곁에 앉아 있던 대사간 가물치가 썩 나섰다.

"표기 장군 게는 갑옷을 단단히 입었고, 열 개의 발을 갖추어 나가고 물러서기를 잘하며, 고향이 해안가 육지에 가까우니 서찰을 주어 보내소서."

가물치 때문에 육지로 나가게 된 게가 거품을 뿜으며 앙금앙금 기어 나왔다. 그리고 동편에 앉아 있는 문관들을 향해 소리 질렀다.

"본래 우리 수궁의 벼슬은 인간 세계와 달라, 권세가 있다고 되는 것도 아니고, 높은 사람에게 부탁해서 되는 것도 아니며, 오로지 충성심과 덕망으로 특별히 선택되는 것입니다. 농어는 입이 크고 잔비늘이 많아서 인물이 좋고, 더불어 세상의 점잖은 친구를 많이 사귀어 이부 상서 벼슬을 차지했습니다. 방어는 이름에 천원지방의 '방(方)' 자가 들어 있어서 땅을 차지하여 호부 상서가 되었고, 준어는 성품이 깐깐하고 가시가 많아 사람들이 조심스러워하므로 형법을 차지하여 형부 상서가 되었습니다. 또한 민어는 배 속의 부레가 끈끈한 풀이 되어 물건 만드는 장인에게 도움이 되므로 공부 상서를 차지했습니다."

무슨 까닭인지 게는 '어(魚)' 자 붙은 문관들을 한껏 추어올리더니, 도루묵과 가물치를 바라보며 빙글빙글 비웃었다.

"대사헌 도루묵은 이부 상서 농어와 사돈이요, 대사간 가물치는 병부 상서 숭어와 육촌 친척입니다. 나이도 어리고 경험도 없는 것들이 집안의 권세만 믿고 벼슬 한자리씩 차지하여, 세상 돌아가는 물정도 모르며 입만 나불거리다니 눈꼴이 시어서 볼 수가 없습니다. 바다와 육지가 다른데 전하의 서찰을 산신령이 받아들이겠습니까? 문관이 서찰을 쓰겠다고 하였으니 문관 가운데 하나를 보내소서."

게를 비롯한 무관들이 오랫동안 문관의 권세에 짓눌려 속으로 이를 갈며 살아왔다는 사실을 용왕도 잘 알고 있었다. 그대로 두었다가 잘못하면 무관들이 들고 일어나 큰 싸움이 일어날 것 같아, 우선 용왕은 무관들을 다독거리고 백의재상 쏘가리에게 고개를 돌렸다.

쏘가리는 수궁의 신하들이 '강호 선생'이라고 떠받들 만큼 인격이 높았으나, 벼슬하기가 싫다고 조정에서 멀찍이 물러나 복사꽃 흘러가는 호젓한 강가에서 기러기를 벗 삼아 살고 있었다. 정해진 벼슬 없이 용왕이 무슨 일이 있을 때마다 간절히 청하여 나랏일을 의논하기 때문에 모두들 백의재상이라 불렀다.

"지금 과인의 목숨이 언제 꺼질지 모르는 촛불 같은데 문무 대신들이 싸움만 일삼으니, 백의재상께서 세상으로 내보낼 인재를 책임지고 추천하도록 하오."

"인간 세상은 인심이 사나워 수궁의 물고기 등이 어른거리기만 하

∞ 서찰(書札) — 안부와 소식을 적어 보내는 글.

∞ 천원지방(天圓地方) — '하늘(天)'은 '둥글고(圓)', '땅(地)'은 '네모지다(方)'는 동양의 전통적인 우주관.

∞ 강호 선생(江湖先生) — 세상을 멀리하고 자연에 묻혀 사는 뜻이 높은 사람.

면 잡아먹으려고 합니다. 그러니 어지간히 지혜와 용맹이 있는 자가 아니면 보낼 수 없습니다."

"좌승상 거북이 어떠한가?"

"거북은 지략이 매우 뛰어나지만, 대모라고 부르는 넓은 등껍질 때문에 안 됩니다. 인간들은 거북을 붙잡으면 대모를 벗겨 장도의 칼집, 살쩍밀이, 탕건 꾸미개, 쌈지의 끈 장식으로 사용할 것입니다. 그러니 보낼 수 없습니다."

"합 장군 조개는 어떠한가?"

"조개는 쇠같이 단단한 갑옷을 입었으니 능히 제 몸을 지킬 재주는 있습니다. 그러나 옛글에 이르기를, 도요새와 싸우느라 서로 물고 놓지 않다가 결국 둘 다 어부에게 붙잡혀 가서 속절없이 죽었다는 말도 있으니 인간 세상에 보내지 못합니다."

"그럼 수문장 메기는 어떤가?"

"메기는 수염이 길고 겉모습은 아주 보기 좋습니다. 그러나 아가리

∞ **살쩍밀이** — '옛날 남자들이 귀 옆에 난 머리카락을 망건 속으로 밀어 넣을 때 쓰던 도구. 망건은 상투가 흘러내리지 않게 머리에 매는 장식품.

∞ **탕건(宕巾)** — 남자들이 머리에 쓰는 관의 한 가지로 말총으로 만듦.

가 너무 커서 많이 먹어야 하므로 식탐이 대단합니다. 세상에 나가더라도 푸른 숲과 깊은 계곡으로 먹을 것을 찾아 돌아다니다가, 비가 오나 눈이 오나 일 년 내내 고기를 잡는 늙은 어부의 낚싯바늘에 꿰일 것이 분명합니다. 더욱이 메기는 이질, 배앓이, 설사에 인간들이 약으로 먹기도 하오니 절대 보내지 마십시오."

"도대체 그럼 누구를 보내란 말이오?"

이도 저도 모두 안 된다고 하니 용왕은 기가 막혀 소리를 빽 질렀다. 신하들이 고개를 푹 숙이고 있을 때, 영덕전 뒤편에서 작은 기척이 들리더니 한 신하가 엉금엉금 나오는데 겉모습이 우스꽝스러웠다. 눈은 작고 주둥이가 까마귀 부리처럼 뾰족하며, 목은 화병처럼 길고 다리는 술잔 아랫부분에 붙은 굽처럼 짧았다. 신하들이 조정에 들어갈 때 입는 관복의 흉배 같기도 하고 방패 같기도 한 등껍질을

젊어진 주부 자라, 곧 별주부였다.

"효도는 백 가지 행위의 근본이요, 충성은 삼강오륜의 으뜸입니다. 그러니 스스로 깨달아야 아는 것이지 누가 가르쳐 주는 것이 아닙니다. 신의 집안이 오랫동안 전하의 크나큰 은혜를 입었으니 세상에 나가 토끼를 잡아다가 성은의 만분의 일이라도 갚겠나이다."

자라가 절을 올리고 아뢰자, 용왕은 깊이 감동하면서도 한편으로는 믿음이 가지 않았다.

"네 충성은 가상하나 네 생긴 모양을 보면 어찌 수만 리 밖으로 나가 용맹한 토끼를 잡아 오겠느냐? 또한 세상에 나가면 인간들이 너를 진미로 여겨 자라탕을 만들어 먹는다는구나. 그 어찌 원통한 일이 아니겠느냐?"

용왕이 고개를 흔들자 자라가 진심을 다하여 아뢰었다.

"소신은 손발이 넷이라 물에 높이 떠 망을 볼 수 있으니, 인간들에게 붙잡힐 염려는 적습니다. 다만 물속에서 나고 자라 토끼의 얼굴을 모르니 화상을 그려 주시면 반드시 잡아다가 바치겠나이다."

"과연 충신이로다. 그럼 화공을 불러 토끼 화상을 그리도록 해라."

용왕의 명령이 떨어지자 예부 상서 문어의 친척인 화공, 꼴뚜기가 허리를 살랑거리며 들어왔다. 꼴뚜기는 동정호에서 나는 청홍색 벼루에 거북 연적을 기울여 비단처럼 고운 물을 따른 후, 머리가 둘 달린 붓으로 오징어 먹물을 듬뿍 찍어 토끼를 그리기 시작하였다.

경치 좋기로 소문난 산을 찾아다니며 봄여름가을겨울 구경하던 눈 그리고, 삼신산 구름과 안개 속에서 길을 잃었을 때 귀신같이 냄새를 잘 맡던 코 그리고, 난초와 지초를 비롯한 온갖 향기로운 꽃을 따 먹던 입 그리고, 두견새와 앵무새가 지저귀는 노랫소리를 즐겨 듣던 귀 그리고, 온갖 기이하고 신비한 풀꽃이 활짝 핀 아름다운 꽃밭을 펄펄 뛰어다니던 발을 그렸다. 마지막으로 한겨울 쌩쌩 부는 눈바람을 막아 주던 털을 한 올 한 올 그리고 나니 토끼의 모습과 영락없이 똑같았다.

꼴뚜기가 다 그린 토끼의 모습을 용왕에게 보여 주었다. 두 귀는 쫑긋, 눈은 도리도리, 허리는 늘씬, 꽁지는 뭉툭한 토끼 한 마리가 푸른 산 맑은 물가, 구부러진 늙은 소나무와 휘늘어진 버드나무 사이에 엉거주춤 서 있었다. 한시가 급한 용왕은 얼른 화상을 토끼에게 건네도록 했다.

"별주부는 어서 토끼 화상을 가지고 세상을 다녀오너라."

자라는 무릎을 꿇고 공손히 화상을 받아 든 후, 용왕에게 하직 인사를 하고 물러 나오다가 한 가지 고민에 빠졌다.

'화상을 어디에 넣어 갈까?'

궁궐 문을 나서는 동안 골똘히 궁리하다가 갑자기 짧은 무릎을 탁 쳤다. 목을 길게 빼고 화상을 돌돌 말아 목덜미 사이에 넣은 뒤 목을 움츠리자, 화상이 주르르 미끄러져 들어가 창자 끄트머리에 닿을 지경이 되었다.

'이제 화상에 물 한 방울 묻지 않겠구나.'

자라는 좋아라고 집으로 가기 위해 네 다리를 바삐 움직였다.

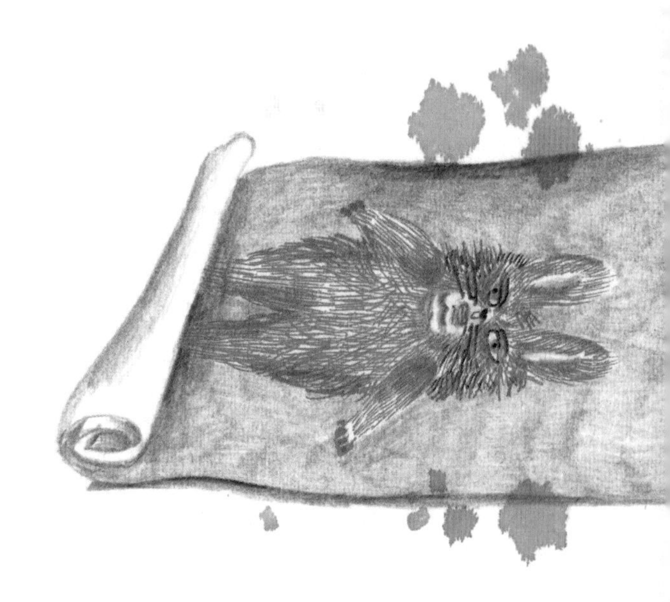

∞ 흉배(胸背) — 관복의 가슴과 등에 붙이던 수놓은 헝겊 조각.

∞ 주부(主簿) — 중앙과 지방 관청에서 문서를 담당하던 관리.

∞ 화상(畵像) — 사람이 얼굴을 그림으로 그린 형상.

∞ 화공(畵工) — 화가를 부르는 옛말.

∞ 동정호(洞庭湖) — 중국 북동부 호남성에 있는 유명한 호수.

∞ 연적(硯滴) — 먹을 갈 때 물을 담아 두는 그릇.

∞ 삼신산(三神山) — 신선들이 산다는 영주산 · 봉래산 · 방장산.

셋

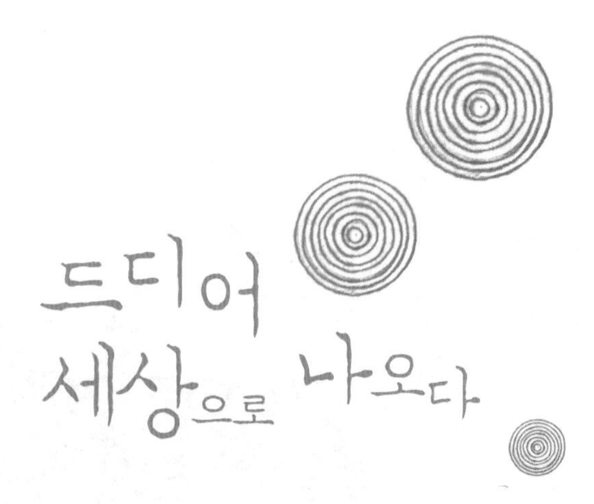

드디어 세상으로 나오다

집으로 돌아오니, 가족 친지와 이웃들까지 모두 찾아와 자라를 기다리고 있었다.

자라는 사당으로 가서 조상님들 앞에 조정의 일을 보고하고, 어머니 방으로 건너가 하직 인사를 드렸다. 자라의 어머니는 나이가 팔십이 훨씬 넘은 늙은이였는데, 벌써 소식을 전해 듣고 자라를 보자마자 눈물부터 흘렸다.

"여봐라, 별주부야. 너는 삼대독자 외아들이다. 굳이 무엇 하러 세상에 가려고 하느냐? 긴 여행에 병이 든들 누가 알뜰히 구해 주며, 네가 죽어서 까마귀와 솔개의 밥이 된들 누가 손뼉을 쳐서 후여 쫓아 주겠느냐? 게다가 사람들은 물속 짐승이 보이기만 하면 잡아먹으려고 달려든다더라. 옛날 너희 아버님도 세상 구경을 가셨다가 십 리나 되는 모래밭에 묻혀 속절없이 돌아가셨단다. 그러니 위험한 곳에는 가는 것이 아니다. 못 가느니라. 차라리 나를 죽여 이 자리에 묻고 가면 갔지 살려 두고는 못 가느니라."

자라는 효성 또한 지극한지라 어머니의 눈물을 닦아 주며 정성스러운 말로 위로하였다.

"나라님이 병에 걸려 약을 지으러 가는 길이니 무슨 봉변을 당하겠습니까? 무사히 다녀올 동안 평안하게 지내십시오."

아들의 의연한 얼굴을 보고 비로소 자라의 어머니는 눈물을 그쳤다.

"기특하구나, 내 아들아. 네 충정을 진작 알고 있었으나 이와 같이 굳은 줄 몰랐다. 정성이 지극하면 죽는 법이 없느니라. 부디 물길과 뭍길 이만 리를 무사히 다녀오도록 하여라."

어머니에게 하직하고 안채로 들어오니 자라의 아내가 버선발로 달려 나왔다.

"아이고, 여보 나리. 인간 세상 간다는 말이 웬 말이오. 우리 부부가 위수를 여행할 때 맑은 물을 떠 마시며 즐거워하던 추억을 다 잊고 만 리 세상을 가신다니요. 이제 가면 언제 돌아오시나요?"

자라가 방바닥에 엎어져 훌쩍훌쩍 울고 있는 아내를 물끄러미 내려다보며 퉁명스럽게 말했다.

∞ **사당(祠堂)** — 조상의 이름이 적힌 패를 모셔놓은 집.

∞ **위수(渭水)** — 중국 감숙성에서 시작되어 황하로 흘러드는 강.

“내가 세상에 가면서 못 잊고 가는 것이 있네.”

“무엇을 못 잊는단 말씀이요? 늙은 어머니의 아침저녁 밥걱정을 못 잊어요? 충정이 지극하시니 나랏일을 못 잊어요? 규중의 젊은 아내 절행을 못 잊어요?”

“다른 것이 아니라 재 너머 사는 우리 사촌 남생이란 놈이 걱정일세. 언젠가부터 그놈이 당신을 음흉한 눈으로 힐끔거리더란 말이야. 그놈 몸에서는 노린내가 나고 내 몸에서는 고소한 내가 나니, 냄새를 맡아 그놈과 나를 구별하도록 하소.”

남생이 운운하는 말에 자라 아내가 토라져서 팩 돌아앉았다.

“우리 부부 사이는 종과 북의 조화처럼 즐거움이 가득하고 거문고와 비파 소리처럼 우애가 깊었거늘, 그렇게 말씀하시니 섭섭하오.”

"나도 자네와 잠시 떨어져 지내는 것이 섭섭해서 해 본 말이니 너무 서운해 말게."

그제야 자라 아내의 마음이 풀어져 낯빛을 고치고 말했다.

"나리, 삼강오륜을 말할 때 군신유의를 부부유별보다 먼저 쓰는 법이오. 임금님을 위해 힘쓰다가 설령 죽는다 해도 무슨 한이 있겠습니까? 늙은 어머님은 제가 봉양할 것이니 집안일 염려 말고 토끼를 잡아다가 임금님의 병을 구하소서."

자라가 기특하다고 좋아하며 아내를 칭찬했다.

"충신의 아내가 될 만하구먼. 꼭 자네 말대로 하겠네. 그런데 세상의 몹쓸 인간들이 자라 고기가 맛 좋다고 얼른거리기만 해도 잡아가니, 부디 어린 자식들을 멀리 가지 못하게 하여 잘 보살피도록 하게."

자라가 아내를 타이르고 사랑채로 나오니 친척과 이웃들이 좌우로 늘어서 있었다. 외사촌 소라, 이종사촌 고동, 고종사촌 우렁이, 육지에서 온 달팽이 사돈까지 눈물을 흘리며 손을 꼭 잡고 무사히 잘 다녀오라고 빌어 주었다.

이른 새벽 집에서 나온 자라는 쉬지 않고 물결을 가르며 헤엄을 쳤다. 사흘째 되는 날, 동틀 무렵 해변 가까이 이르니 해가 서서히 떠오를 준비를 하고 있었다. 해 뜨는 봉우리에 자욱하게 낀 안개가 서서

∞ **규중(閨中)** — 집안에서 부녀자가 지내는 곳.

∞ **절행(節行)** — 절개가 굳은 행실.

∞ **삼강오륜** — 유교의 세 가지 도리와 다섯 가지 실천 항목. 삼강은 임금과 신하의 도리, 아버지와 아들의 도리, 남편과 아내의 도리. 오륜은 부모와 자식은 친함이 있어야 하고, 임금과 신하는 의로움이 있어야 하고, 남편과 아내는 구별이 있어야 하고, 어른과 아이는 순서가 있어야 하고, 벗과 벗은 믿음이 있어야 한다는 말.

히 달이 뜨는 서쪽 봉우리로 밀려갔다. 멀리 사람들의 마을에서 개 짖는 소리가 들리자 자라는 흠칫 놀라 앞뒤 발을 파닥거려 물속으로 들어갔다 나왔다 했다.

한참 헤엄을 치다가 머리를 살짝 내밀고 보니, 갈대꽃이 눈처럼 흩날리고 물풀들은 바다 위에 둥실 떠 있었다. 물고기들이 아직 잠이 덜 깨어 바다는 고요한데, 어디선가 날아온 부지런한 새들이 먹이를 찾아 물위를 기웃거렸다.

물빛은 하늘빛과 같고, 멀리 육지를 헤아려 보니 칠백 리가 넘었다. 자라가 신이 나서 맑고 푸른 물결을 앞발로 끌어당기고 뒷발로 밀어내며 텀벙거리다 보니 물살에 떠밀려 앞으로 빠르게 나아가 해변에 닿을 수 있었다.

육지에 도착한 자라는 모래밭에 납작하게 엎드려 목을 길게 빼고 사면 경치를 살폈다. 괜히 어부의 그물이나 작살에 걸리면 토끼 간이고 무엇이고 끝장이었다. 다행히 인간의 흔적은 눈에 띄지 않았으나, 그 대신 자라의 눈에 들어온 것은 끝없이 펼쳐진 모래밭과 멀리 우뚝 솟은 산봉우리였다. 때마침 가을 아침이라 경치가 그야말로 장관이었다. 안개가 스멀스멀 걷히니 봉우리가 더욱 높아 보였고, 형형색색 단풍이 들어 온갖 보석으로 장식한 화관을 쓴 듯 아름다웠다.

잠시 자라는 토끼를 잡으러 온 임무를 까맣게 잊고 경치에 홀려 정신없이 앞으로 기어갔다. 산 아래 이르니 계곡에서 흘러내린 물줄기가 소용돌이치며 커다란 연못을 이루었고, 제법 깊은 물속에 국화는 점점, 단풍은 둥둥 떠내려갔다.

양편 숲속과 벼랑에 낙락장송과 떡갈나무가 휘늘어졌고, 가지마다 칡, 머루, 다래, 으름 넝쿨이 칭칭 감겼으며, 좀 더 거슬러 올라가자 먹음직스러운 오미자, 치자, 감, 대추, 온갖 과실나무가 얼크러지고 뒤틀어졌다. 입맛을 쩝쩝 다시며 고개를 드니, 수많은 골짜기와 봉우리가 자라의 눈을 압도했다.

고개를 숙여 굽어보니 저 아래 흰 모래밭이 그림처럼 펼쳐졌고 갈매기, 해오리, 고니, 너새, 물수리 등 새 무리가 한가롭게 놀고 있다. 자라는 새들을 보자 그 가운데 토끼가 있을 줄 알고 흥이 나서 어깨춤을 덩실덩실 추었다.

한참 춤을 추고 있을 때, 건넛산 수풀 속에서 난생 처음 보는 짐승 한 마리가 어슬렁어슬렁 내려왔다. 머리에 뿔이 두 개나 돋았고 눈은 고리 모양이요, 햇살을 받은 털빛이 황금색으로 빛났다. 몸뚱이가 자라 수십 마리를 합친 듯 크고 우람한 짐승이 뒤뚱거리며 걸어오자, 놀

란 자라는 토끼인 줄 알고 얼른 화상을 꺼내 들어 보았으나 생긴 모양이 영 달랐다.

'대장부가 왕명을 받고 세상에 나왔거늘 무슨 두려움이 있으랴. 무슨 짐승인지 모르지만 아무렇게나 불러 통성명이라도 해 보자.'

자라가 용기를 내어 큰 소리로 짐승에게 물었다.

∞ **작살** — 물고기나 짐승을 찔러 잡는 데 쓰는 기구.
∞ **형형색색(形形色色)** — 모양과 빛깔이 각기 다른.
∞ **낙락장송(落落長松)** — 가지가 길게 축축 늘어진 큰 소나무.
∞ **통성명(通姓名)** — 처음 만나 인사할 때 성과 이름을 서로 나눔.
∞ **노형(老兄)** — 가깝지 않은 사이에 상대방을 높여 부르는 말.

"저기 오시는 노형은 뉘라 하시오?"

짐승이 자라를 빤히 보더니 되물었다.

"거기는 뉘라 하시오?"

"나는 수국에서 주부 벼슬하는 자라요. 노형은 누구요?"

"나는 저 건너 들마을 사는 우 생원이라 하오."

자라가 우 생원이라는 말을 듣고 소를 향해 꾸벅 인사를 올렸다.

"우 생원은 몸이 크고 길며 뱃가죽이 축 늘어졌으니 지식 또한 남보다 훨씬 많겠구려."

자라가 토끼에 관해 물어볼 양으로 한껏 추어올리자, 소는 경계하던 마음이 풀려 말문을 활짝 열었다.

"인재를 알아보는 그대의 눈썰미가 참 대단하오. 성인이 능히 성인을 알아보는 법이지요."

소가 자기 자랑을 귀가 시리게 늘어놓으니, 자라가 속으로 아니꼬우나 아무렇지 않은 듯 물었다.

"우 생원은 무슨 일을 주로 하고 지내시오?"

일이라는 말에 무슨 영문인지 소의 낯빛이 금세 어두워졌다.

"내 신세를 말하자면 참으로 가슴이 답답하오."

"어찌하여 그렇단 말이오?"

"나는 본래 신농씨 자손으로 세상이 열리고 농사를 처음 가르칠 때 순임금과 함께 역산의 밭을 갈고 우산에 누워 평화로운 시절을 보냈지요. 천하에 포악한 걸주임금이 나타나 우리 종족을 다 잡아먹으려 했고, 그나마 제선왕의 푸줏간에서 겨우 살아나와 숨어 지낼 적, 무지한 백성들이 나를 잡아 코를 꿰고 세 겹 새끼줄로 목을 얽어 이랴 이랴 몰아다가 쟁기를 목에 메고 큰 밭을 갈게 시켰다오. 조금이라도 실수를 하면 모진 채찍으로 철썩 치고 독한 발길질이 날아드니 아무리 뜀박질을 잘하고 힘이 굳세다 해도 얼마 못 가 맥이 빠져 눈을 감고 쓰러질 뿐이지요. 인정 없는 인간들은 나를 치료하여 회복시킬 생각은 하지 않고, 백정을 불러다가 머리, 가죽, 다리 각각 내어 제각기 나눠 먹고, 뿔은 빼어 활에 붙이고, 가죽을 벗겨 북 만들고, 뼈는 발라 골패 만드니 과연 내 신세가 답답하지 않겠소."

살아서 일만 하고 죽어서 잡아먹힌다는 소의 말을 듣고 보니 딱한 마음이 절로 들었다. 측은하게 바라보는 자라의 눈빛에 감동한 소의 신세타령이 한없이 이어졌다.

"밭을 간들 내가 먹으며, 금은보화를 나른들 내가 쓰겠소? 다 인간들에게 좋은 일이지요. 용봉과 비간은 절개가 높아서 죽은 뒤에 이름이 드높았건만, 나는 무슨 팔자가 이리도 험하여 죽고 나서도 험한 꼴을 당하는가. 여러 가지 복 가운데 중한 것이 첫째는 오래 사는 것이요, 둘째는 부귀인데, 인심도 사납고 세상 돌아가는 것이 허무하니, 내 신세를 생각하면 몸 둘 곳이 하나도 없지 않겠소."

"듣고 보니 딱하기 그지없소. 그런데 노형의 몸에 버릴 것이 하나

∞ **생원(生員)** — 조선 시대 과거 시험 가운데 소과에 합격한 사람.

∞ **순(舜)임금** — 요임금과 함께 중국 신화 속의 대표적인 성군. 흔히 태평성대를 요순시대라고 함.

∞ **걸주(桀紂)임금** — 요순과 반대되는 폭군의 대명사로 하나라의 걸왕과 은나라 주왕.

∞ **제선왕(齊宣王)** — 중국 전국 시대 제나라의 선왕. 제사 지낼 때 죽어 가는 소를 불쌍히 여겨, 소 대신 양을 제물로 바치게 했다는 일화가 전해짐.

∞ **골패(骨牌)** — 32개의 나뭇조각에 흰 뼈를 붙이고 구멍을 내어 만든 노름 도구.

∞ **용봉(龍逢)** — 하나라 걸왕에게 간언하다가 죽은 충신.

∞ **비간(比干)** — 은나라 주왕의 잘못을 바로잡으려다 죽은 충신.

도 없다는 말이오?"

자라의 물음에 소가 금세 표정을 바꾸고 우쭐하여 대답했다.

"세 가지밖에 버릴 것이 없다오."

"그게 무엇이오?"

"눈 껌벅이는 것, 하품하는 것, 그림자. 그 밖에는 버릴 것이 없소."

소가 거들먹거리며 잘난 체하자, 자라는 기가 막혀 피식 웃었다.

'잘난 팔자 때문에 죽게 되는 것을 누구를 원망하리.'

속으로 비웃고 있을 때, 이번에는 소가 자라에게 물었다.

"그런데 바다에 사는 이가 험한 산기슭에 무슨 일이시오?"

자라는 용왕의 병을 고치기 위해 토끼를 잡으러 왔노라 말하려다가 입을 꾹 다물고 목소리를 싹 바꾼 후 거짓으로 꾸며서 둘러댔다.

"해마다 수궁에 크고 작은 나쁜 일이 갑작스럽게 일어나, 무슨 까닭인지 점쟁이에게 물어본 즉, 수정궁 터가 매우 불길하다 하여 새로운 궁궐을 짓고자 합니다. 수궁에는 지관이 없으니 눈이 밝은 토끼를 모셔다가 궁궐터를 정하려고 합니다만. 혹시 저 아래 흰 모래밭에 놀고 있는 것들 가운데 토끼가 있습니까?"

소가 모래밭을 보며 큰 소리로 웃었다. 자라는 영문을 몰라 눈만 껌벅거렸으나 기분은 썩 좋지 않았다.

"길짐승인 토끼를 어찌 날짐승 가운데서 찾으시오."

자라의 얼굴이 붉어지는 것을 보고 소가 웃음을 멈추었다. 자라 옆으로 다가와 넌지시 귀에 대고 속살거렸다.

"산속에 무슨 일이 있으면 길짐승들이 모여 회의를 하곤 하는데, 그렇지 않아도 어제 다람쥐가 보름날 밤 산봉우리 너럭바위로 모두 모이라는 소식을 전하고 갔소. 그 자리에 가시면 분명히 토끼를 만나게 될 것이오."

듣던 중 반가운 소리라 자라는 거듭 고맙다고 인사를 했다. 소와 헤어진 후 머루 다래도 따 먹고 풀숲에 떨어진 대추와 도토리도 주워 먹으며 보름이 될 때까지 기다렸다.

∞ 지관(地官) — 집터나 묏자리를 봐주는 사람.

동물들이 말을 한다고?

우리 고전 소설에는 인간처럼 말을 하는 동물들이 나오는 작품이 참 많아. 그 가운데 〈장끼전〉, 〈까치전〉, 〈쥐전〉에 등장하는 인물들의 생생한 목소리를 들어 볼까. 그들이 무엇을 말하고자했는지, 더 나아가 짐승들의 입을 빌려 인간의 어떤 일을 말하려고 했는지 알 수 있을 거야.

우화 소설이란? 인간이 아닌 짐승이 등장하여 인간의 일을 이야기하는 소설을 말해. 이러한 방식의 이야기는 시대적 분위기나 권위 때문에 쉽게 비판할 수 없는 것을 비판하고자 할 때 많이 쓰이지. 그리고 인간이 직접 등장하여 인간의 일을 이야기하는 것보다 때로는 더 큰 효과가 있기 때문에 이러한 수법을 쓰기도 해.

〈장끼전〉에 나오는 장끼와 까투리가 나누는 대화의 일부야.
덫에 걸린 장끼는 죽어 가면서도 큰소리를 치지.
게다가 자신의 죽음을 아내의 탓으로 돌리면서, 자기가 죽더라도
아내가 수절하여 정렬부인이 되기를 바라고 있어. 과부가 다시 시집가는 것을
법으로 금지했던 당시 상황에서 장끼가 하는 말은 얼마든지 들을 수 있음직했을 테지.
남편이 죽었다고 아내가 끝까지 혼자 살아야 한다는 것이 과연 인간적인 것일까?

보물을 드려 청탁을 한 뒤에
각 청 두목과 여러 관속들에게 뇌물을 쓰고 이
리저리 하면 혈혈단신 암까치가 어찌할 수 없을
것이니, 그러면 자연 장난치다가
죽인 것으로 될 것이라.

암까치

혈혈단신 이내 몸이 청춘을 헤지 않고
낭군의 원수를 갚으려고 관아에 고변을 하였더니,
세상 풍속이 무상하여 장난을 치다가
죽인 것이 되어 버렸으니 세상천지에
이런 변이 또 있을까. 이 같은 철천지원수를
누가 갚아 준단 말인가.

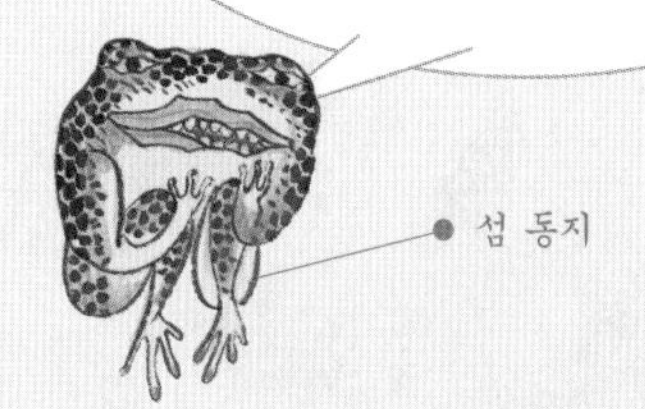

〈까치전〉 이야기 가운데 일부야.
비둘기에게 맞아 죽은 남편의 억울함을 풀기 위해 암까치가 애를 쓰지만,
뇌물을 받아먹은 섬동지가 그 일을 가로막고 있어. 뇌물로 진실이 가려지는
어처구니없는 현실이 암까치를 절망하게 하였지. 하지만 너무 걱정하지는 마. 나중에 암행어사
난춘이 진실을 밝혀내고 암까치의 억울함도 풀어 준다고 해. 이러한 이야기들, 우리 인간 사회에서도
어렵지 않게 들을 수 있는 이야기지?

이 같은 천한 계집이 함부로 나서서
나를 가르치고자 하는구나. 계집이라면 마땅히
장부가 욕본 것을 분하게 여기는 것이 옳거늘,
오히려 서대주를 너그럽고 후하여
점잖은 사람이라 일컫고 나더러 포악하다 꾸짖으니,
이내 형세 곤궁함을 보고 배반할 마음을 두어
서대주를 얻고자 함이라.

다람쥐 아내

다람쥐

옛 사람이 이르기를
'빈궁할 때 사귄 벗은 잊어서는 안 되고,
가난할 때 의지하며 살아온 아내는 버리지 않는다.'고
하였는데, 그대가 더러운 말로 나를 욕하니 나는 이제 집을
나가 수양산에서 고사리 캐어 먹다 죽은 백이, 숙제를
본받을 것이오. 혼자서 잘 사시오.

〈쥐전〉에 나오는 다람쥐와 그의 아내가 주고받는 대화야. 굶어죽을 위기에 놓여 있던 다람쥐는
서대주의 도움으로 살아났어. 그런데도 또 도와주지 않는다며 다람쥐는 서대주를 원망하고
누명을 씌워 관가에 고소까지 하려고 해. 게다가 이를 보다 못해 말리는 아내를 내쫓아 버리기까지 하지.
하지만 다람쥐 아내가 던지는 당당한 말이 가슴을 후련하게 해 주는 듯해.

넷

물속 자라가 산중 호랑이 잡다

산봉우리에 보름달이 두둥실 떠오르자 자라는 산봉우리 너럭바위를 찾아 길을 나섰다. 처음 보는 보름달이 하도 신기해서, 빈대떡 같기도 하고 쟁반 같기도 한 보름달을 보고 또 보았다. 대낮처럼 밝아서 밤길을 걷기도 편했다.

산봉우리에 이르러 자라는 너럭바위 근처 소나무 뒤에 몸을 숨겼다. 낯선 수국 짐승인 자라를 보고 길짐승들 사이에 혼란이 일어나면 커다란 낭패였다. 보름달이 하늘 한복판에 다다르니 산속 길짐승들이 너럭바위로 속속 모여들기 시작했다.

공자로 하여금 『춘추』를 짓도록 도운 기린, 군대가 행진할 때 임금의 수레로 대신 쓰던 코끼리, 하늘나라 신선들이 타고 다니던 풍채 좋은 사자, 주나라 문왕이 영유 땅에 머무실 때 엎드려 놀던 사슴, 자식을 떠나보내고 단장의 울음 울던 원숭이, 꾀 많은 여우, 털 좋은 너구리, 기름진 멧돼지, 날랜 토끼, 날담비, 길담비, 승냥이, 오소리, 다람쥐까지 꾸역꾸역 모여들었다. 산속 길짐승들이 얼추 다 모이자 연설하기 좋아하는 노루가 썩 나섰다.

"우리가 해마다 모여서 노는 마당에 위아래를 몰라 예의가 없으니 올해부터는 상좌를 정하고 노는 것이 어떻겠소?"

노루의 말이 옳다고 모두 동의하자, 산중 선비로 이름난 사슴이 기린을 상좌로 추천하니, 기린은 펄쩍 뛰며 손을 저었다.

"저는 공자님 같은 성인을 따라다니느라 세상에 오래 머무르지 못합니다. 손님인 제가 어찌 숲속의 주인인 여러분보다 높은 자리에 오르겠습니까?"

기린이 온갖 말로 사양하자 노루가 다시 나섰다.

"기린 선생을 따로 좋은 자리에 모시기로 하고 상좌는 나이를 따져 정하기로 합시다."

다들 동의하자 사슴이 노루에게 물었다.

"노루님은 언제 났소?"

노루가 몇 가닥 없는 수염을 쓰다듬으며 괜한 헛기침을 했다.

∞ **낭패(狼狽)** — 바라던 일과 기대한 일이 실패함.

∞ **춘추(春秋)** — 공자가 쓴 노나라의 역사책.

∞ **문왕(文王)** — 주나라를 세운 무왕의 아버지.

∞ **단장(斷腸)** — 자식을 잃은 슬픔으로 어미 원숭이의 창자가 모두 끊어졌다는 중국의 고사에서 유래한 말.

∞ **상좌(上座)** — 가장 높은 사람이 앉는 자리.

"자네들 내 나이 들어 보소. 내 나이를 셀 것 같으면, 나는 고래 타고 하늘로 올라갔다는 당나라 시인 이태백과 함께 광산에서 십 년 간 글공부를 하였지. 태백은 재주 있는 사람이라 하늘로 올라가고 나는 보잘것없는 동물이라 이렇듯 천하게 되었으나, 어찌 되었든 내가 이태백과 동갑이니 상좌를 못 하겠나?"

너구리가 노루를 보며 히히 웃었다.

"노루님은 내 아래구만."

"그럼 너구리님은 언제 나셨소?"

노루가 묻자 너구리가 여덟팔 자 양반걸음으로 어슬렁어슬렁 나섰다.

"자네들 내 연세를 들어 보게. 후한 말 삼국의 영웅 조조가 수도인 업성에 동작대를 지을 적에 왼쪽에는 청룡각이요, 오른쪽에는 금봉루라. 조식이 지은 동작대부 읊조리던 조조와 같은 나이니 내가 어른이 아니시냐?"

너구리의 말이 끝나기도 전에 멧돼지가 나팔 같은 주둥이를 흔들며 나왔다.

"멧돼지님은 언제 나셨소?"

너구리의 물음에 멧돼지가 거스러미 눈썹을 끔적끔적 뜨고 여러 동물들을 향해 거만하게 대답했다.

"자네들 내 나이 들어 보소. 자네들 내 나이 들어 봐. 한나라 광무제 때 간의대부를 마다하고 뜬구름으로 지붕 삼고 갈매기로 벗을 삼아 동강에서 낚시질하던 엄자릉과 동갑이니 내가 상좌에 앉아야지."

멧돼지가 막 상좌에 앉으려고 하자 토끼가 깡충 나앉았다.

"멧돼지님은 내 고손자 나이구만 어디 상좌한단 말인가?"

"그러는 토 생원은 언제 났소?"

토끼가 신이 나서 나이 내력을 읊었다.

"나의 연세 들어 보소. 나는 한나라 사람으로 흉노 땅에 사신으로 갔다가, 십구 년 동안 굶주리며 충절을 지키다 백발이 되어 허위허위 돌아온 소중랑과 허물없이 반말하고 지낼 나이니 내가 어른이 분명하지?"

토끼는 깡충깡충 상좌로 뛰어가 넙죽 앉더니, 제 키만 한 담뱃대를 입에 문 채 좋아라고 뒷다리를 떨며 온갖 방정을 떨었다.

길짐승들의 모임이 거의 끝나 가고 있을 즈음, 자라가 토끼 얼굴을 확인하기 위해 목덜미에 넣은 화상을 꺼내려고 할 때, 천지가 요동치는 듯한 함성이 우당탕탕 들려왔다. 자라는 어찌나 놀랐던지 다시 목을 쑥 집어넣었고, 눈구멍만 겨우 내밀고 주위를 살폈다.

어디서 나타났는지 여러 날 굶은 호랑이 한 마리가 누에 같은 머리를 흔들며 으르르 어흥 하고 너럭바위로 달려들었다. 길짐승들은 어찌나 겁이 났던지 선 채로 몸이 뻣뻣하게 굳어서 똥오줌을 질금질금 쌌다.

"너희들, 나 모르게 모여 앉아서 뭣들 하고 있느냐?"

∞ **동작대부(銅雀臺賦)** — 조조의 둘째아들 조식이 아버지의 업적과 동작대를 지은 기념으로 쓴 시. 조조의 가문은 시로 유명했고, 특히 조식은 오늘날까지 중국 최고의 시인 가운데 한 명으로 손꼽힘.

∞ **엄자릉(嚴子陵)** — 후한 광무제와 어릴 때 함께 공부했고, 나중에 황제가 된 광무제가 간의대부라는 벼슬을 내리자 뿌리치고 전원에 파묻혀 낚시를 하며 살았음.

∞ **소중랑(蘇中郎)** — 한나라 무제 때 사람으로 이름은 소무. 흉노에게 사신으로 가서 십구 년 동안 붙잡혀 있다가 백발이 되어 돌아온 충신.

호랑이가 어흥 소리 지르자 토끼가 상좌에서 내려와 대답했다.

"상좌를 정하여 잔치하고 있습니다."

"오호 그래. 그것이 너희들 잔치가 아니라 내 잔치로구나."

호랑이가 쩝쩝 입맛을 다시자 모두 죽을 낯빛이 되었다.

"호랑이 장군님, 오늘은 나이 따져서 상좌를 정하기로 하였으니 장군님은 언제 나셨소?"

토끼가 당돌하게 묻자 호랑이는 곰곰이 생각에 잠겼다. 다들 꼼짝 못 하게 하려면 힘뿐 아니라 나이로 짓뭉개야 할 것 같았다.

"이놈들 내 연세 들어라. 나의 연세를 들어 봐라. 세상이 혼돈 속에서 나눠지지 않은 태초에 너른 하늘 한편이 모자라 광석을 다듬어 때우던 여와와 동갑이니 내가 가장 어른이 아니더냐?"

태초라는 것보다도 호랑이가 말끝마다 어흥 하는 소리에 질린 모든 길짐승들이 고개를 땅에 파묻고 바들바들 떨었다.

"장군님, 얼른 상좌에 앉으시오."

"바로 어저께 태어나셨더라도 상좌에 앉으셔야지요."

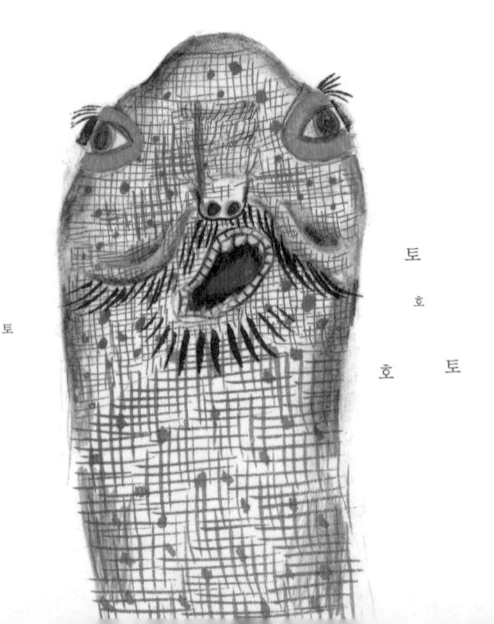

호랑이는 상좌를 차지하고 왕방울처럼 부리부리한 눈을 희번덕거렸다.

"너희 이놈들, 달싹거리지 마라. 오늘 운수가 불길한 놈 하나는 내 어금니 사이에서 절단 날 것이다. 우선 입가심할 놈 하나만 알아서 내 앞으로 나오너라."

호랑이가 입맛을 다시자 길짐승 가운데 살찐 오소리, 너구리, 노루, 멧돼지가 죽을 낯빛이 되어 벌벌 떨었다. 특히 멧돼지는 엊그제 태어난 막내아들이 걱정되었다.

'아이고, 이런 급살 맞을 잔치를 공연히 시작해서, 우리 네 놈 중 하나는 호랑이 배 속으로 들어가 똥이 되겠구나.'

멧돼지가 구슬피 탄식하고 있을 때, 소나무 뒤에 숨어 있던 자라는 발을 동동 구르며 안절부절못하고 있었다. 곧 잔치가 끝나 길짐승들이 돌아갈까 봐 걱정이 이만저만 아닌지라, 화상을 꺼내 확인할 틈도 없이 급한 마음에 우선 토끼를 불러 보기로 했다.

"저기 저, 몸이 얼쑹덜쑹하고, 꼬리 묘뚝하고, 입술 발그레한 분이 퇴, 퇴, 퇴, 퇴, 퇴, 호 생원 아니시오?"

자라가 수로 이만 리를 아래턱으로 밀고 나오다 보니, 그만 아래턱이 뻣뻣해져서 '토' 자가 살짝 늘어져 '호' 자가 되고 말았다.

"뭣이라고? 나더러 호 생원?"

∞ **여와(女媧)** — 중국 고대 신화에서 인간을 창조한 여신. 하늘을 받친 기둥이 무너져 홍수가 나자 오색 돌을 녹여 하늘을 메웠다고 함.

∞ **절단(切斷)** — 자르거나 베어서 끊음.

∞ **급살(急煞)** — 갑자기 닥치는 큰 불행.

깊은 산중 호랑이가 생원 말 듣기는 난생 처음이라, 어찌나 기쁘던지 너럭바위를 훌쩍 뛰어넘어 자라가 있는 소나무 숲 깊은 골짜기로 한걸음에 달려 내려왔다.

호랑이는 양귀가 쭉 찢어지고, 황금빛이 도는 누런 몸뚱이에 검은 줄이 얼쑹덜쑹, 동개 같은 앞다리에 전동 같은 뒷다리, 꼬리는 길어서 한 발이 넘었다. 낫처럼 날카로운 발톱으로 잔디 뿌리를 후벼 파니 흰 눈 같은 왕모래가 공중으로 솟구쳤고, 붉은 아가리를 벌려 어흥 소리를 내니 산천이 넘어가고 땅이 툭 꺼지는 듯했다.

자라는 목을 얼른 움치고 죽은 듯이 납작하게 엎드리자, 호랑이가 자라 주위를 빙글빙글 돌며 모양을 살폈다. 아무리 봐도 말라비틀어진 쇠똥 같은 것밖에 보이지 않았다.

"아니, 이것이 나를 불렀단 말인가? 참 묘하게도 생겼다. 무쇠 솥뚜껑에 부쳐 놓은 밀전병 같다만 고소한 냄새가 아니 나고, 마른 쇠똥 같다만 엊그제 퍼부은 소나기 자국이 없으니 그것도 아니라. 이리 보아도 둥글 저리 보아도 둥글, 둥글둥글 납작이냐?"

우뢰처럼 무섭게 쏘아붙여도 아무런 대답이 없자, 호랑이가 하늘을 보고 자라를 보더니 한바탕 좋아라고 웃어 젖혔다.

"가만 보니 요것이 하느님 똥인가 보다. 하느님 똥 먹으면 만병이 다 낫는다더라."

그 억센 발톱을 치켜들어 자라의 등 한복판을 콱 찍으려고 하니, 자라가 입부리만 겨우 내밀고 기어들어 가는 목소리로 말했다.

"인사가 늦었소이다. 우리 통성명이라도 합시다."

"아니, 요것이 나하고 통성명을 하자고? 나는 이 산중을 지키는 백수의 제왕 호랑이 장군이시다. 너는 이름이 무엇인고?"

자라는 겁이 나서 그만 제 이름을 똑바로 밝히고 말았다.

"나는 수궁에서 온 자라 새끼요."

갑자기 호랑이 얼굴에 화색이 돌며, 어깨춤까지 덩실덩실 추었다.

"얼씨구나 절씨구! 내 평생소원이 자라탕을 한번 먹어 보는 것이었는데, 다행히 오늘날 자라를 만났으니 맛좋은 진미를 베어 먹어 보자."

호랑이가 어흥 하고 달려드니 자라가 허둥지둥 둘러댔다.

"나, 자라 아니라 두꺼비요."

"두꺼비 같으면 더욱 좋지. 너를 산 채로 불에 살라서 술에 타 먹으면 만병을 고치는 명약이라더라. 내가 그저 너를 먹으리라."

"아니, 나 두꺼비도 아니고 남생이요."

"남생이 같으면 더욱 좋지. 겨드랑이 사타구니 허는 습진에는 너만 한 약이 없다 하니 너를 산 채로 집어 삼키리라."

아무리 둘러대도 잡아먹으려고 하니 별주부는 기가 막혀 하늘이 캄캄했다.

∞ 동개 — 활과 화살을 엮어 등에 매는 도구.

∞ 전동(箭筒) — 화살을 담는 통.

∞ 발 — 팔을 쫙 벌렸을 때 두 팔 사이의 길이.

'저 급살 맞을 놈이 『동의보감』을 불에 살라 먹었는가. 무조건 약으로 삼아 먹으려 하니, 내가 기왕에 죽을 거라면 마지막 수단이라도 써 보자.'

수궁에 두고 온 병든 용왕과 가족들을 떠올리자, 창자 끄트머리에서부터 힘이 불끈 솟는 것 같았다. 자라는 모가지를 길게 빼며 냅다 소리 질렀다.

"네 이놈, 호랑아! 목 나간다."

밀전병처럼 납작한 것 안에서 뱀 대가리가 끝없이 뻗어 나오니, 천하의 호랑이라 해도 놀라지 않을 수 없어 손사래를 치며 뒤로 물러섰다.

"그만 나오시오, 그만 나와요. 그놈의 모가지가 그냥 두었다가는 하루에 수천 발 나오겠소. 도대체 당신은 성명이 무엇이오?"

"오호라, 나는 수궁 전옥주부 공신 별주부, 별 나리로다."

무식한 호랑이는 자라 '별' 자인 줄 모르고 엄청 대단한 것으로 알았다.

"그냥 나리도 아니고 별 나리라니, 조그만 양반이 벼슬은 상당히 높구려. 그런데 별 나리는 어찌 목이 들어갔다 나갔다 하기를 잘하시오?"

"내 목이 이렇게 된 내력을 들어 보거라."

자라가 작은 눈을 부릅뜨고 호랑이를 을러댔다.

"우리 수궁이 오래 되어 영덕전 새로 지을 때, 일천팔백 칸 너른 집의 기와를 내 손으로 올리다가, 추녀 끝에서 기와 하나가 목으로 뚝

떨어지는 바람에 이 병신이 되었구나. 명의에게 물어본 즉 호랑이 쓸개를 열 개만 먹으면 목이 낫는다기에, 수궁의 도리랑 귀신 잡아타고 호랑이 사냥을 나왔느니라."

도리랑 귀신이 자라가 지어낸 말인 줄 모르고 호랑이는 바짝 얼었다. 더욱이 호랑이 쓸개를 빼 간다는 말에 배 아래쪽을 슬그머니 더듬었다.

"명나라 들어가 곤륜산 호랑이, 수양산 호랑이 잡아먹고, 구용산, 영산, 화산, 아미산, 봉래산 돌아들어 겨우 두 마리 잡아먹은 후, 동해로 건너와서 황해도 들어가 구월산 호랑이, 함경도 들어가 백두산 호랑이, 강원도 들어가 금강산 호랑이, 서울로 들어가 삼각산 호랑이 잡아먹고, 전라도 내려와 지리산 호랑이 잡아먹은 후, 해남으로 내려가면 열 마리 채울 수 있다기에 너를 찾아 예 왔노라. 도리랑 귀신, 게 있느냐? 번쩍번쩍 잘 드는 칼로 이 호랑이 배 갈라라."

자라가 앞으로 바짝 기어 들어가 제 입으로 도리랑 도리랑 소리를 내며 호랑이 불알을 꽉 깨물자, 호랑이는 정신이 아뜩해져서 자라에게 애원했다.

"아이고, 별 나리 양반! 이것 좀 놓아 주시오."

"이놈아! 잔소리 말고 쓸개만 내놓아라."

자라가 호랑이 불알을 놓지 않고 빙글빙글 돌자, 호랑이 얼굴이 허옇게 떠서 콩비지 같은 눈물을 쏟으며 두 손을 모아 싹싹 빌었다.

"비나이다, 별 나리 전에 비나이다. 나는 오 대 독자로 사십 살이 넘어 오십 살이 다 되도록 슬하에 자식이 하나 없소. 만약 내가 죽어지면 집안의 대를 끊게 되니 그만한 불효가 어디에 있으며 무슨 낯으로 조상의 묘를 뵈오리까? 차라리 내 왼쪽 눈알이나 하나 쑥 빼서 잡수시오."

호랑이가 거의 다 죽게 된 것을 보고, 자라는 그만하면 되었다 생각하고 호랑이 불알을 슬그머니 놓아주었다. 호랑이는 떼굴떼굴 뒤고 구르다가 줄행랑을 쳤는데, 얼마나 혼이 났던지 전라도 해남 땅끝 마을에서 뛰기 시작하여 한달음에 황해도 구월산까지 달아났다.

구월산 상상봉에서 호랑이가 식은땀을 닦으며 한숨 돌리고 있을 때, 바위 아래서 겁 많은 남생이 한 마리가 고개를 뾰족 내밀고 호랑이를 쳐다보았다.

"아니, 저놈이 생긴 것과 다르게 번개로구나. 언제 여기까지 쫓아왔단 말인가?"

호랑이는 불덩이를 삼킨 듯 화들짝 놀라 다시 뛰기 시작하여, 바람처럼 산봉우리와 고개 마루를 넘더니, 한달음에 백두산 상상봉까지 기어 올라갔다. 그새 자라가 쫓아왔을까 봐 주변을 두리번두리번 살피고 나서 혼잣말로 장담을 하는 것이었다.

"나처럼 용맹한 짐승이나 되니 죽지 않고 살아왔지, 하마터면 도리랑 귀신 배 속에서 초상 치를 뻔하였구나."

그곳에서 호랑이는 안절부절못하며 제 발자국 소리에 놀라 오줌을 질금질금 싸다가 몸을 부르르 떨었다.

다섯

자라는 호랑이를 쫓아 버리고 곰곰이 생각했다.

'호랑이라 하는 것이 산중의 신령한 짐승인데, 나의 정성이 부족하여 산신님이 조화를 부리셨나 보다. 정성이 지극하면 하늘이 감동한다고 하니 산신제를 지내야겠구나.'

시냇물에 들어가 목욕을 깨끗이 하고 나와 제사 준비를 서둘렀다. 개울가 휘늘어진 버드나무 가지를 앞니로 꺾어 먼지를 쓸고, 양지쪽 널찍한 바위를 골라 제사상으로 삼았으며, 후박나무 낙엽을 주워 깨끗하게 깐 후, 산에서 나는 나무 열매를 모아다가 홍동백서로 갈라놓고, 은어 한 마리를 잡아다가 동두서미로 차려 놓았다. 자라는 제상 앞에 무릎을 단정하게 꿇고 축문을 읽어 나갔다.

유세차 갑신 유월 기우 십오 일, 남해 수궁 별주부 자라 감히 산신님께 고하나이다. 하늘에 떠 있는 해님과 달님과 별님, 명산의 신령님 전에 지극한 정성으로 빌고 비나이다. 남해 용왕이 우연히 병을 얻었는데 천의 도사 문병 후 오직 토끼의 간이 약이라 하오니, 산중의 토끼 한 마리를 내려 주시기를 천 번 만 번 비나이다. 삼가 맑은 술로써 제사를 올리니 받아 주십시오.

산신제를 다 지낸 후 고개를 드니 묘한 짐승이 건너편 동산에 앉아 있다. 자라가 급히 화상을 꺼내어 보니, 두 귀는 쫑긋, 눈은 도리도리, 허리는 늘씬, 꽁지는 뭉툭한 모습이 산중 토끼와 그림 속 토끼가 영락없이 똑같았다. 자라가 반가워서 목을 길게 빼고 토끼를 불렀다.

"저기 저 소나무 아래 앉아 계신 양반이 토 생원 아니시오?"

토끼가 좋아라고 자라를 보고 대답했다.

"거 누가 날 찾나, 거 누가 날 찾아? 세상 피해 숨은 허유가 친구를 하자고 날 찾나, 수양산 백이숙제가 고사리 캐자고 날 찾나, 꿈속에

∞ 홍동백서(紅東白西) — 붉은 과일은 동쪽, 흰 과일은 서쪽에 놓은 제사 예법.

∞ 동두서미(東頭西尾) — 생선의 머리를 동쪽, 꼬리를 서쪽으로 향하게 하는 제사 예법.

∞ 유세차(維歲次) — 제문의 첫머리에 흔히 쓰이는 말. '십이 간지에 맞춰 정한 날에 따르면'이라는 뜻임.

∞ 허유(許由) — 요임금이 천하를 물려준다고 하자 기산에 숨어 살았고, 아홉 주를 다스리라는 말을 듣고 영수에서 귀를 씻었다고 함.

∞ 백이숙제(伯夷叔齊) — 상나라 말기, 신하의 나라인 주나라가 임금의 나라인 상나라를 무너뜨리는 것에 반대하여, 충절을 지키기 위해 수양산에 들어가 고사리를 캐먹다가 굶어죽은 충신들.

서 성진화상이 팔선녀 만나러 가자 날 찾나, 달구경하던 이태백이 고래 타고 하늘로 올라가자 날 찾나, 구름 낀 산속에서 그 누가 생원이라 부르며 날 찾나, 건넛산 과부 토끼가 연분을 맺자고 날 찾나?"

토끼는 신이 나서 촐랑거리며 뛰어 내려오다가, 비탈길에 주르르 미끄러져 그만 자라와 쾅 부딪히고 말았다. 자라는 호랑이를 보고 한바탕 놀란 뒤라, 토끼를 보자 납작하게 엎드려 목을 움츠렸다. 토끼가 신기한 듯 자라 둘레를 돌며 요모조모 살폈다.

"오호라, 이것이 짚방석이구나. 한번 앉아 봐야지."

자라의 등껍질 위로 성큼 올라가 꾹 누르자 자라의 모가지가 슬그머니 삐져나왔고, 토끼가 그것을 보고 깜짝 놀라 소리쳤다.

"이것 봐라. 어떤 놈이 뱀을 잡아서 넣었구나."

자라가 견디지 못하고 궁둥이를 들썩거리니, 토끼가 떼구루루 굴러 떨어졌다.

"나무접시처럼 생긴 것이 힘은 장사네그려."

토끼가 겸연쩍어 중얼거리자, 자라가 정신을 차리고 먼저 인사를 건넸다.

"우리 처음 만난 것도 인연이니 통성명이나 합시다. 나는 수궁 전옥주부 공신 별주부 별 나리라 하오."

토끼도 체면을 차리느라 공연히 헛기침을 했다.

"나는 하늘나라에서 음양의 이치를 따지고 사계절의 변화를 순조롭게 하던 예부 상서 토끼요. 약주를 지나치게 마시고 신선들께 올릴 약을 잘못 짓는 바람에 땅으로 쫓겨나 산속에 머무른 지 오래되었소. 세상에서 모두가 나를 부르기를 토 선생이라 합니다."

토끼라는 말을 듣자 새삼 반갑기도 하고 잘 보이고 싶은 마음도

드는지라, 자라의 입에서는 자기도 모르는 문자가 마구 쏟아져 나왔다.

"대단하신 분을 오늘에야 만나다니, 하상견지만만무고불측, 호로 아들놈의 자식이로고."

자라 못지않게 무식한 토끼가 속으로 곰곰이 생각했다.

'참 대단한 문장가로다. 만일 내가 저놈 앞에서 문자를 짧게 썼다

∞ **성진화상(性眞和尙)** — 성진은 서포 김만중의 소설 〈구운몽(九雲夢)〉의 주인공. 불도를 닦는 성진이 스승인 육관대사의 명을 어겨 양소유로 환생하였다가 여덟 명의 여인과 인연을 맺고 살던 중 호승의 설법을 듣고 깨달음을 얻어 본래 성진으로 되돌아온다는 이야기.

∞ **하상견지만만무고불측(何相見之晩晩無故不測)** — 이렇듯 뒤늦게 만나게 되리라고 전혀 예측하지 못했음.

가는, 나로 인하여 세상의 문장가들이 망신을 당하겠구나.'

토끼가 단단히 마음을 먹고 앞뒤 닿지 않는 문자를 마구 지껄였다.

"여보시오, 별 나리. 우리가 이렇듯 피차 만나기는 출가외인이요, 여필종부요, 우이독경, 어동육서, 홍동백서, 좌포우혜, 분향재배, 평안감사, 전라감영, 경상부사요, 일구이언은 백부지자로소이다."

문맥에 맞지 않는 문자를 한참 쏟아붓고 더는 떠오르지 않자, 마치 토끼는 숨이 차서 그만둔 것처럼 헉헉거렸다. 자라는 속으로 코웃음을 치면서도 겉으로는 모른 체 토끼를 치켜세웠다.

"토 선비, 토 선비 하더니 글도 뛰어날 뿐 아니라, 생긴 모습도 신선의 풍모에 도인의 골격이오. 저렇듯 신선 같은 큰 학자가 세상에서 어떻게 지내는지 궁금하기 짝이 없소. 세상 경치나 자세히 가르쳐 주시오."

"내 팔자야 비할 데 없이 좋지요."

토끼가 으쓱하여 뻔한 거짓부렁을 냉수 마시듯 늘어놓았다.

"나는 인적 없는 깊은 산속에서 날이 저물면 잠들었다 동쪽 봉우리에 달이 뜨면 일어나, 푸른 산 맑은 물을 집으로 삼고 임자 없는

∞ **출가외인(出嫁外人)~백부지자(百父之子)** — 토끼가 자라의 기를 죽이려고 함부로 지껄인 사자성어로 아무 의미가 없음.

∞ **여산(廬山) 동남(東南)~만장봉(萬丈峰)** — 중국과 우리나라의 높고 아름다운 명산을 일컬음.

∞ **태산(泰山)** — 중국 산동성 북쪽에 있는 산으로, 흔히 큰 것을 비유할 때 쓰임.

∞ **적송자(赤松子)** — 고대 중국의 신농씨 때 비 내리는 일을 맡았던 신선.

∞ **안기생(安期生)** — 진나라 때 해변을 다니며 약을 팔던 사람으로 하상장인이라는 신선에게 도술을 배워 오래 살았다고 함.

나무 열매를 식량 삼아 살아가지요. 뜬구름처럼 자유롭게 이름난 산을 찾아 구경 다닐 적에, 여산 동남 오로봉과 진국명산 만장봉을 기엄기엄 기어올라 가만히 굽어보면, 꽃밭에서 춤추는 나비는 눈처럼 흩날리고, 버드나무 위 꾀꼬리는 하나하나 금빛이요, 모란, 작약, 철쭉, 진달래가 여기저기 피었다오. 태산에 올라가 천하를 보고 작다고 외친 공자님이 부러울까? 밤이 되면 달구경, 낮이 되면 꽃놀이를 즐기면서 적송자와 안기생을 나의 제자로 삼아 두고, 이따금 심심하면 종아리 때려 가며 글공부 가르치니, 세상의 신선은 나뿐인가 하오."

여섯

우리 수궁은 별천지라오

자라가 토끼의 말을 다 듣고 박수를 치며 감탄하는 체했다.

"얼굴이 남자 중에서도 한 인물이요, 발 맵시 또한 비할 데 없는 멋쟁이라, 우리 수궁에서 태어났으면 훈련대장은 따 놓은 당상이오. 그러나 참으로 안타까운 일이오."

"뭐가 안타깝다는 말이요?"

"토 선생 미간에 화망살이 어렸으니 세상에 있으면 죽을 지경을 꼭 여덟 번 당하겠소."

"그분 처음 보는 처지에 별 해괴한 소리를 다 하시오. 어째서 내가 죽는단 말이오."

"내가 그대의 삼재팔난을 읊을 테니 들어 볼 테요?"

"어디 들어 봅시다."

자라가 토끼의 약을 바짝 올린 후, 토끼의 삼재팔난 내력을 낱낱이 읊어 내려갔다.

"한낱 미물인 토끼 그대의 신세가 꼭 이럴 것이오. 봄가을 좋은 시절이 다 지나면 온 세상이 꽁꽁 어는 한겨울이 되어 산골짜기 눈 쌓이고 봉우리마다 바람이 치지요. 새들은 날아가고 풀꽃과 나무 열매가 사라져 어두운 바위 아래 고픈 배 틀어잡고 발바닥만 핥는 토끼 모습 오죽이나 불쌍하겠소. 거의 굶어 죽을 뻔하다 겨우 살아나 봄이 된다 해도 나을 것은 없지요. 텅 빈 배를 채우려고 먹을 것을 찾아 높은 산 깊은 골짜기 이리저리 헤매지만 골골이 묻힌 것은 올가미와 덫이요, 봉우리마다 서 있는 것은 매사냥꾼이라, 올가미에 채이면 대롱대롱 목이 졸려 인간들의 밥반찬이 된다지요. 하늘 높은 곳에는 독수리가 떠서 토끼 대가리를 덮치려 기슭으로 몰아가고, 땅에서는 몰이꾼과 사냥개가 험한 산골을 허위허위 뒤질 적에, 토끼 놀래 후드득 뛰쳐나가면 수할치가 보낸 해동청 보라매가 수루루루 날아가, 토끼 두 귀를 양 발톱으로 덩그렇게 집어다가 꼬부랑한 주둥이로 양미간 골치 부분을 그냥 콱콱콱……."

토끼가 독수리와 보라매를 눈앞에서 본 것처럼 질색을 했다.

"그 양반, 방정맞은 소리 그만하시오. 그러면 누가 거기 있겠소?

∞ **당상(堂上)** — 정3품 이상의 벼슬.

∞ **화망살(火亡煞)** — 불로 인해 죽게 되는 나쁜 운명.

∞ **삼재팔난(三災八難)** — 온갖 어려운 재난

∞ **수할치** — 길들인 매로 꿩이나 작은 짐승을 잡는 사람.

산 중간으로 돌아다니지."

"산 중간으로 가면 무사할 듯하오? 소나무 아래 풀로 만든 감투로 위장한 사냥꾼이 왜국에서 건너온 조총에 화약을 넣고 토끼를 향해 한쪽 눈을 감은 채 반달 같은 방아쇠에 고추 같은 불을 붙이자마자 총알이 쿠르르르 탕……."

"허어, 그 탕 소리 그만하오. 그러면 누가 그대로 있나? 훤한 들로 내려가지."

"들로 내리면 아무 일 없을 줄 아오? 나무꾼들이 토끼 잡는 그물을 사방에 놓아서 하늘에서 내려오든 땅에서 솟구치든 그물에 걸릴 수밖에 없고, 목동들이 몽둥이 들쳐 메고 정신없이 달려들어 요리 깡충 저리 깡충 정신없이 도망 다니느라, 목구멍에서 쓴 내 나고 밑구멍에서 불이 나니 이 아니 팔난인가? 팔난 세상, 나는 싫소. 아침에 나서 저녁에 죽는 그대 신세를 한가하다고 누가 이르며, 무슨 정신에 달구경하고 꽃놀이한단 말이오? 아까 안기생과적송자 종아리 때렸다는 그런 거짓부렁을 뉘 앞이라고 내놓는 것이오?"

자라가 기다렸다는 듯 읊어 대자, 토끼는 얼굴이 붉어지고 귀가

축 늘어졌다.

"별주부, 관상 참 기막히게 잘 보시오. 내 신세가 꼭 그 모양이오. 그건 그렇고 수궁은 살기 좋소?"

"우리 수궁은 별천지라오. 바다는 하늘과 땅 사이에 제일 크고, 세상 만물 가운데 가장 신령스러운 곳이지요. 끝없는 바다에 천여 칸이나 되는 집을 짓되, 용의 뼈를 걸어 대들보 삼고, 준어 비늘로 기와 만들어 상서로운 기운이 공중에 가득하다오. 기둥은 유리, 주춧돌은 호박으로 만들고, 단청을 곱게 칠하여 화려하게 꾸몄지요. 우리 용왕께서 즉위하신 후, 물속의 모든 백성을 귀하여 여기고 백성들은 용왕을 우러러보니 태평성대라. 앵무조개 술잔에 천일주를 가득 따르고 큰 쟁반에 불로초와 불사약을 안주로 담아 실컷 먹으면, 취흥이 드높아 천하의 영웅이라는 진시황과 한무제도 부럽지 않다오."

"그런데 산수가 엄연히 다르거늘 수궁 신하가 육지에는 웬 일이오?"

"아침에는 황하에서 놀고 밤에는 백두산에 머무르니 어딘들 못 가겠소. 우리 용왕의 성스러운 은혜가 매우 크고 높아 수만 리에 이르렀지만, 물속에는 국사를 함께 논할 신하가 부족하여 인재를 구

∞ 호박(琥珀) — 장식품으로 쓰이는 노란색 광물.

∞ 취흥(醉興) — 술에 취해 일어나는 흥취.

∞ 진시황(秦始皇) — 춘추 전국 시대 이후 중국 대륙을 최초로 통일하여 영웅으로 일컬어지는 인물.

∞ 한무제(漢武帝) — 한나라 무제. 법과 제도를 완성하고 도량형을 통일하는 등 한나라를 크게 발전시킨 인물.

하고자 육지에 나왔다오. 우리 용왕을 보필할 신하는 곰도 호랑이도 아니요, 토 선생 한 분뿐이니 나를 따라 수궁으로 갑시다."

자라가 인심 좋게 칭찬을 쏟아붓자, 토끼는 헤 벌어진 입을 다물지 못했다. 그러나 산중의 맹수인 곰과 호랑이보다 낫다는 말은 귀에 썩 감기지 않았다.

"허풍이 과하구려. 아무리 내가 곰과 호랑이보다 낫겠소."

"모르시는 말씀이오. 곰의 덩치가 크긴 해도 작은 눈이 털로 덮였으니 태양 정기가 부족하여 미련하고, 범이 용맹하다 해도 짧은 인중만큼이나 명도 짧아서 쓸데없소. 토 선생은 눈이 밝고 총명하여 천문과 지리에 막힘이 없음은 물론, 몸이 작고 발이 빨라 행동이 민첩하고 말재주 또한 소진만큼 능숙하니, 전쟁터에 나가면 수만 군사를 거느릴 장수감이요 조정에 들면 어진 재상감이지요. 나와 함께 수궁에 들어가면, 훈련대장부터 시작하여 대대로 높은 벼슬을 할 것이요, 아름다운 여인들과 산해진미를 먹으며 오래도록 즐겁게 지낼 것이오."

토끼는 당장이라도 자라를 따라가고 싶었지만, 한 가지 마음에 걸리는 것이 있어 조심스레 물었다.

"지금 하신 말씀을 듣고 나니, 내 생긴 모습과 마음속을 훤히 꿰뚫고 계시는구려. 혹시 수궁의 신하 가운데 문장 잘하는 이가 얼마나 있소?"

"수궁에 쓸 만한 문장가가 있었다면 영덕전 지을 때 상량문 쓸 인재가 없어 육지까지 나와 여선문을 모셔 갔겠소?"

토끼는 흡족하여 속으로 웃으며 또 물었다.

"수궁에 키 큰 신하는 얼마나 있소?"

"넓은 수궁을 다 찾아보아도 나보다 키 큰 신하는 없소. 오죽하면 영덕전 대들보를 내가 올렸겠소. 토 선생이 들어가면 방풍씨 오셨다고 다들 놀랄 것이오."

자라의 칭찬이 자꾸 쏟아지자 토끼는 음흉한 본색을 드러내기 시작했다.

"그곳에 들어가면 수궁의 아름다운 팔선녀와 어울려 재미있게 놀 수도 있소?"

"그쯤이야 손바닥 뒤집듯 쉬운 일이지요. 토 생원 마음대로 하시오."

토끼는 더욱 구미가 당겨 바위에서 깡총 내려앉았다.

"참말로 팔선녀와 비단 이불에 나란히 누워 옥 같은 손을 부여잡고 달이 기울도록 두 몸이 한 몸 되어 희롱할 수 있다는 말이지요?"

"풍채가 그러하시니, 수궁에 들어가면 벼슬은 사다리 타듯 오를 것이오, 팔선녀뿐 아니라 모든 미인들이 청개구리 뒤에 실뱀 따라다니듯 토 선생을 좇으리다."

당장 자라를 곧 따라가고 싶으나 깊고 푸른 바닷물을 생각하면 오금이 얼어붙었다.

∞ **황하(黃河)** — 고대 중국 문명이 일어난 곳으로, 중국 대륙의 서쪽에서 동북부로 흐르는 강.
∞ **인중(人中)** — 코밑과 입술 위 오목하게 파인 부분. 인중이 짧으면 수명이 짧다는 말이 있음.
∞ **소진(蘇秦)** — 중국 전국 시대 뛰어난 웅변가.
∞ **상량문(上樑文)** — 집을 새로 짓거나 수리할 때 공사에 관한 내용을 기록한 글.
∞ **여선문(余善文)** — 원나라 때 선비. 글 짓는 솜씨가 뛰어나 용왕의 초청을 받아 수궁에 다녀왔다고 함.
∞ **방풍씨(防風氏)** — 하나라의 신하. 우임금이 전쟁을 치를 때 돕지 않아 죽임을 당했으며 키가 구 척이나 되었다고 함.

"예부터 바다와 육지의 길이 달라 오고가지 못하는 법이오. 아무리 가고 싶다 한들 내가 어찌 물속에 들어갈 수 있겠소?"

"그것은 염려 마오. 내 등에 업히면 천리만리 먼먼 길과 망망한 깊은 바다도 평지처럼 갈 수 있으니 조금도 걱정 마시오."

자라의 말이 너무 번지르르하여, 오히려 토끼 마음속에 의심이 크게 일어났다. 한참 동안 딴청을 피우며 머뭇거리자, 자라는 토끼의 속을 떠보느라 홱 돌아섰다.

"정 내키지 않으면 속히 뜻을 꺾는 것이 대장부의 도리지요. 나중에 다시 봅시다."

자라가 단호하게 나오자 토끼는 몸이 달았다.

"원, 성미도 급하시구려. 어디를 그리 급히 가시오?"

"호랑이를 찾아 가오."

"무슨 일로 호랑이를 찾으시오?"

"수궁에서 듣기로 산중 호랑이가 뭇짐승의 왕이라 하니, 토 생원보다 그릇이 넉넉할 듯하여 만나 보러 가오."

일부러 약을 바짝 올리는 말만 골라서 하니, 토끼가 달려와 자라 앞을 막아섰다.

"우리 호랑이 삼촌은 모든 일을 다 내게 와서 의논하니 그릇은 더 볼 것조차 없소. 마침 다른 곳에 나들이 가서 없으니, 별주부는 화를 가라앉히고 이리 오시오."

두세 번 사양하다가 못 이기는 체 다가오는 자라를 보고 토끼가 좋아서 헤헤거렸다.

"별주부께서 나를 속일 리 없지요. 그러나 낯선 곳에 가려고 하니 어찌 의심이 안 나겠소? 지금까지 의심한 것은 너그럽게 용서하시오. 나 당장 별주부 따라나서겠소."

"의심이 남아 있거든 그만두시오. 다른 데로 가 보지요."

속으로 몹시 기쁘면서 자라는 다시 한 번 튕겨 보았고, 토끼가 거듭 따라가겠다고 청하니 마지못해 허락하는 척하였다. 그리하여 자라는 앞에서 엉금엉금, 토끼는 뒤에서 깡충거리며 산길을 지나 해변으로 내려갔다.

건넛산 바위틈에 여우 한 마리가 햇볕을 쬐고 있다가 토끼와 자라를 보았다.

"토끼야, 어디 가느냐?"

"별주부 따라 벼슬하러 수궁에 간다."

"허허, 그 자식 실없는 놈이로구나. 물이나 벼슬이나 둘 다 위험한

것이니라. 물이란 것이 배를 띄우기도 하지만 엎어지게도 하고, 벼슬이란 것은 아침에 임금의 은혜를 입다가도 저녁에 사약을 받고 죽을 수도 있는 것이거든. 다른 나라에 벼슬하러 갔다가 못 되면 굶어죽고, 잘되어도 비명에 죽는다는구나."

"왜 잘되어도 비명에 죽는다는 말이냐?"

"옛날 위나라 장수 오기는 초나라 가서 정승이 되었으나 황제의 친척들에게 맞아 죽었고, 초나라 문장가 이사는 진나라 가서 승상이 되었으나 함양 땅에서 허리를 베여 죽었단다. 토끼 죽자 여우가 슬퍼한다는 말이 있고, 위험한 곳에 가지 말고 어지러운 곳에 머무르지 말라고 하였으니 제발 수궁에 가지 마라."

여우 말을 듣고 토끼가 뒤로 발딱 짜그라져 귀를 탈탈 털었다.

"별주부 편안히 가시오. 벼슬하면 죽는다는데 괜히 죽을 곳을 갈 필요 있소? 오늘 여우 사촌 아니었으면 내가 큰 봉변당할 뻔하였소."

자라가 기가 막혀 토끼와 여우를 번갈아 쳐다보았다. 속으로는 여우를 상수리나무에 매달아 종아리를 탕탕 때리고 싶었으나 꾹 눌러 참았다.

"그러시오, 그럼. 비슷한 것들끼리 통한다더니, 좋은 벗끼리 잘 먹고 잘 사시구려. 제 복이 아닌 것을 백 번 권하여 무엇 하리오."

자라가 두 번 권하지 않고 돌아서자, 토끼가 쪼르르 달려와 물었다.

"내 복이 아니라니 무슨 말이오?"

"둘의 좋은 관계를 이간질하는 것 같아 하지 않으려 했으나, 토 선생이 굳이 물으니 대답하리다. 사실은 내가 육지에 올라온 후 먼저 여우란 놈을 만났지요.

그놈이 수궁에 따라가고 싶다고 나를 졸랐지만, 간사한 그 성미를 잘 알기에 못 하겠다 단박에 거절했다오. 지금 여우가 저러는 것은 토 선생 떼어 내고 대신 제 놈이 따라오려는 속셈이지요."

자라의 은근한 목소리에 토끼의 의심이 봄눈 녹듯 풀렸다.

"말이 나왔으니 말이지 여우란 놈의 심술이 영락없이 그 모양이오. 열 사람이 백 마디 말을 하더라도 나 별주부 따라가리다."

그럭저럭 토끼는 자라의 뒤를 따라 해변에 이르렀는데, 하필이면 그날따라 파도가 거칠게 출렁거리고 날이 어두워 물빛과 하늘빛을 구분할 수 없는지라, 토끼가 깜짝 놀라 벌벌 떨며 뒤로 물러섰다.

"저 물속으로 들어간다는 말이오?"

"그렇소."

"아이고, 저 물속에 들어가 훈련대장이 아니라 용왕을 시킨다 해도 나 못 하겠소. 게다가 바닷물은 짜기도 해서 두어 모금만 들이키면 창자가 녹는다지요."

토끼가 따뜻한 양지쪽으로 물러나 그 잘난 얼굴을 반찬 주무르듯 되작거리고 앉았을 때, 자라도 화가 나서 목청껏 윽박질렀다.

"예끼, 벼슬하러 가겠다는 놈이 별별 핑계를 다 대는구나. 사내대

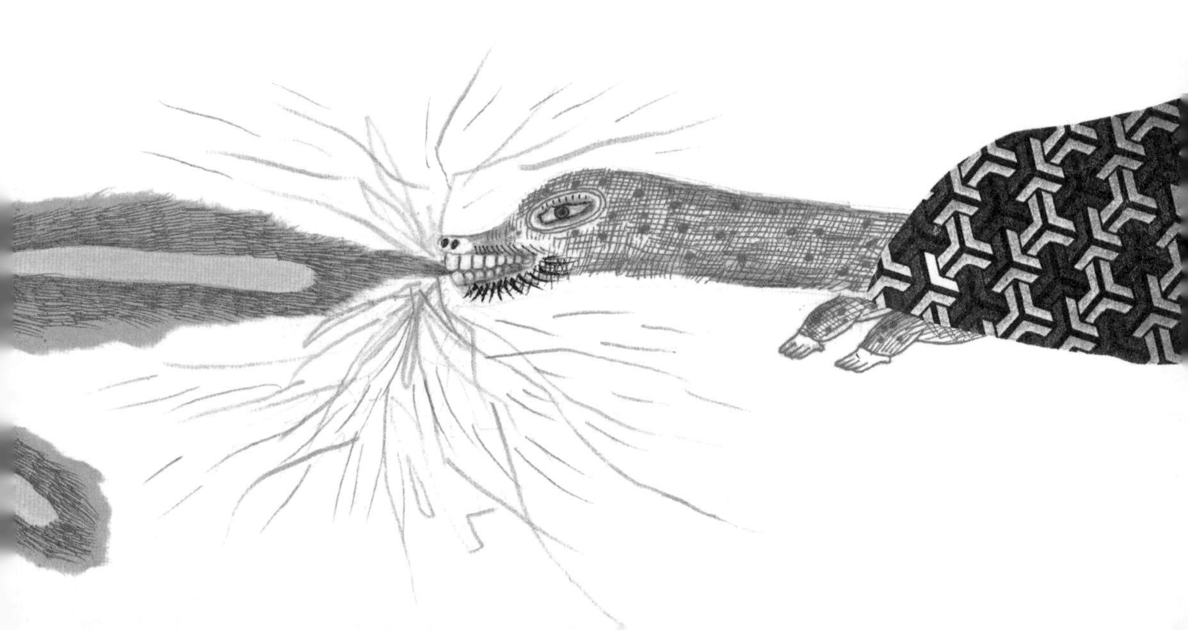

장부가 의심이 많으면 큰일을 이루기 어려운 법이니라. 너 생긴 모양을 보면 무슨 복이 있겠느냐? 인중이 짧으니 수명이 짧을 관상이요, 얼굴에 화망살이 서렸으니, 내일 아침 해 뜨면 건넛마을 김 포수 날랜 총알이 네 놈의 양미간 골치 부분을 쿠르르르 탕……."

총 쏘는 소리에 토끼가 머리통을 싸쥐고 우는 소리를 했다.

"그 탕 소리 좀 그만하시오. 우리 집 삼대가 총으로 망했소. 수궁에는 총이 없소?"

"총이라 하는 것은 불이 일어나야 나가는 것이오. 총이 있다 해도 물속에서 어떻게 사용할 수 있겠소?"

그제야 토끼는 가슴을 쓸어내리며 물을 굽어보고 나서 자라에게 물었다.

"콧구멍에 물이 들어갈 텐데 숨이나 제대로 쉴 수 있소?"

자라는 무심한 말투로 시큰둥하게 대꾸했다.

"그러기에 숨 쉬기 좋으라고 내 콧구멍은 조그맣게 뚫렸지요."

"내 콧구멍은 훨씬 크니 어떻게 한단 말이오?"

"그야 쑥잎을 뜯어 막으면 되오."

토끼가 새로 돋은 쑥잎을 떼어다 콧구멍을 막고, 검푸른 물속을 들여다보니 정신이 아찔했다.

"이 물 깊이는 얼마나 되오?"

"내 발목이 겨우 잠긴다오."

"그런 거짓부렁이 어디 있소?
저 바닷물에 빠지면 한 달을 내려가도
발끝이 땅에 안 닿겠소."

"나 먼저 들어갈 테니 토 선생은 구경이나 하시오."

자라가 물속으로 첨벙 뛰어들어 토끼 보란 듯이 신나게 물장구를 쳤다.

"이깟 물이 어디가 깊다고 그러시오?"

토끼가 의심이 풀리지 않는 눈초리로 자라를 유심히 바라보다가 말했다.

"별주부, 물 아래서 헤엄치고 있는 것 아니오?"

"참, 의심도 풍년이오. 그 양반 들어와 보면 알 것 아니오?"

토끼가 앞발로 언덕 해송 가지를 꽉 붙잡고, 뒷발을 길게 뻗어서 물에 담그려고 할 때, 자라가 화살처럼 다가와 토끼의 뒷다리를 입에 물었다. 졸지에 물속으로 끌려 들어간 토끼는 짠물을 한없이 들이킨 뒤, 자라 등에 업혀 바다 위에 둥실 떠서 정처 없이 흘러갔다.

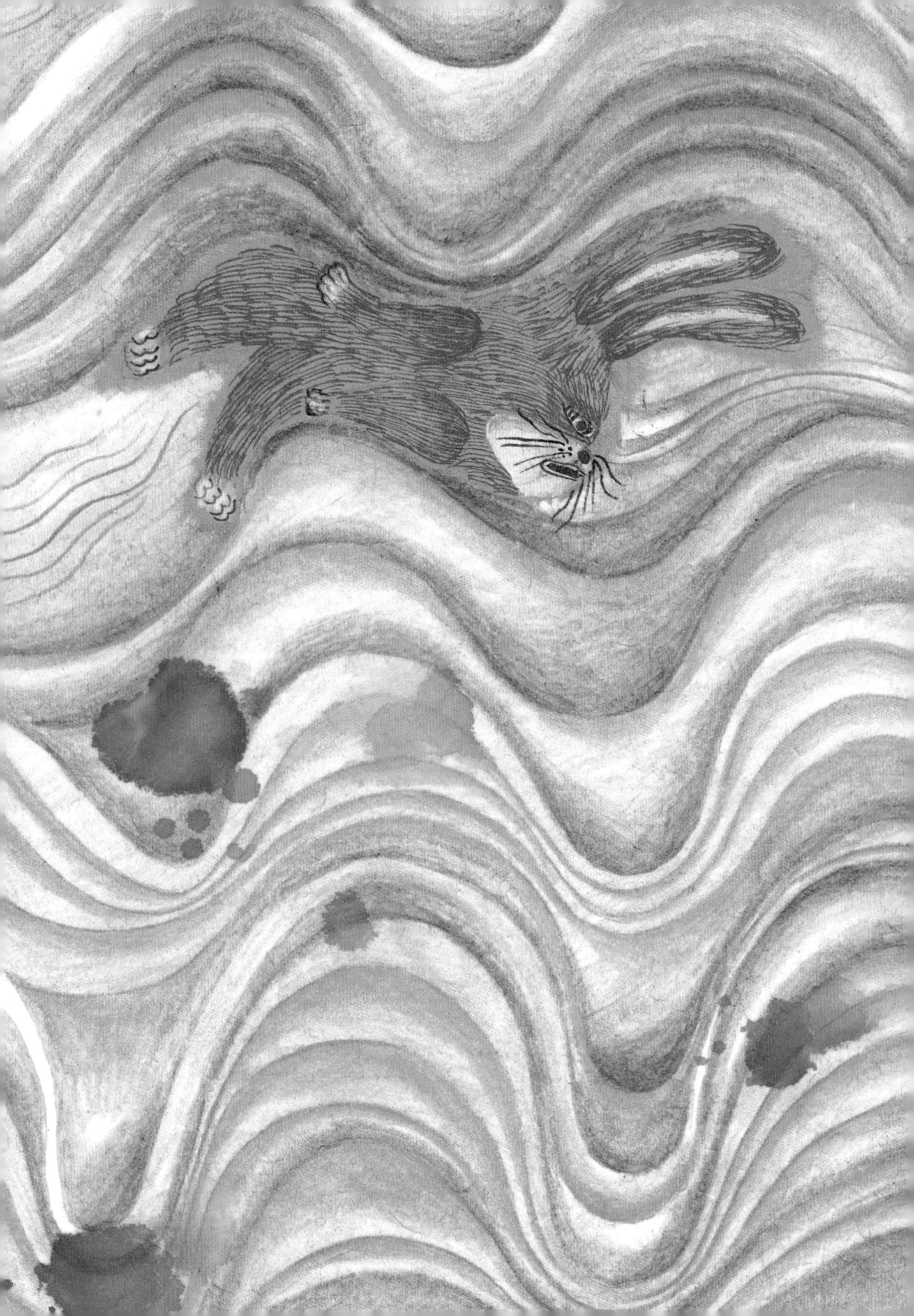

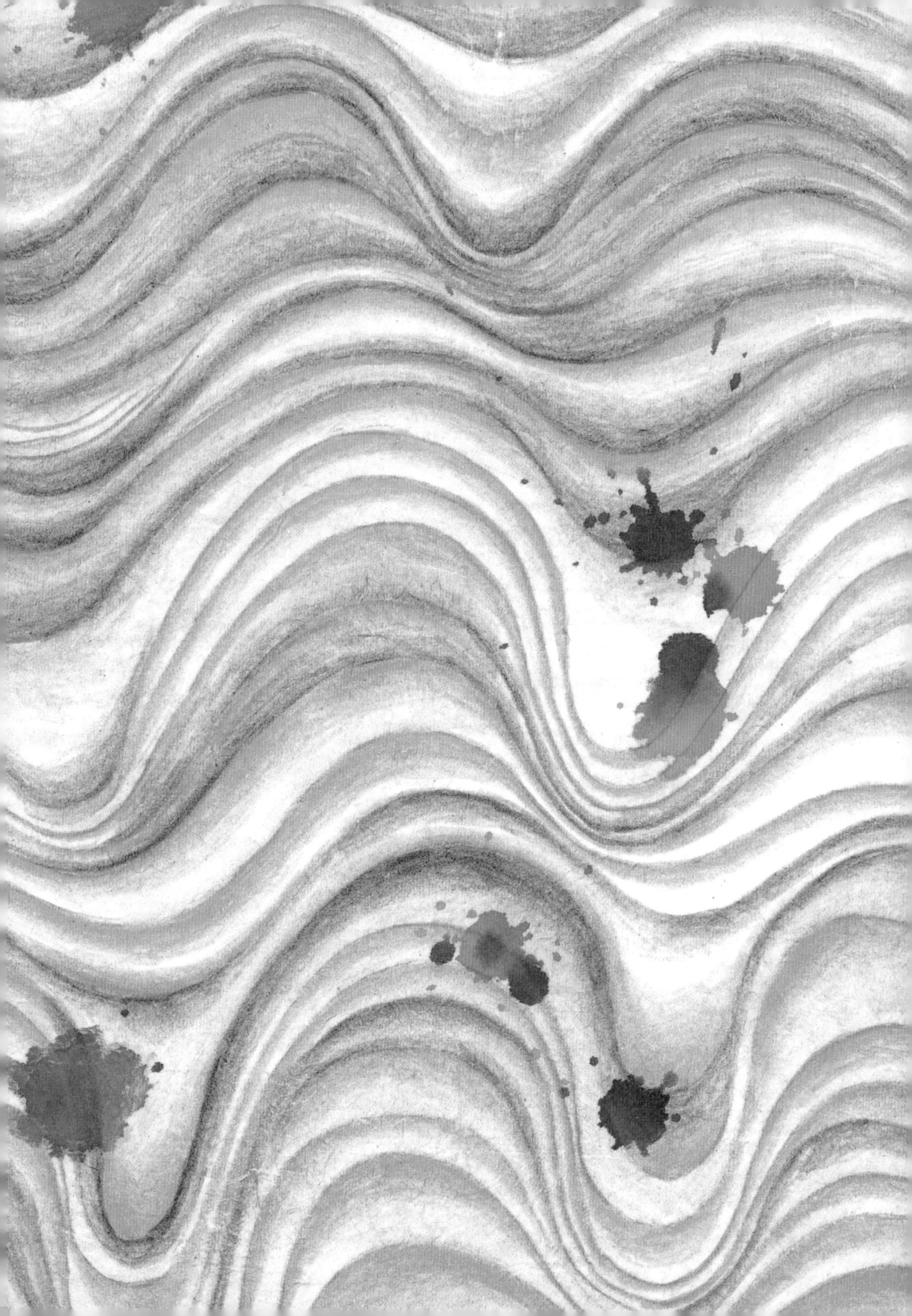

일곱

토끼 잡아들여라

토끼는 비쩍 마른 엉덩이를 털 한 올 없이 딱딱한 자라 등에 대고 있으니 아파서 견딜 수 없었다. 무엇보다 손에 잡을 것이 없어 자라 등에서 곧 떨어질 듯 아슬아슬했다.

"여보, 별주부. 여기서 가까운 곳에 주막 없소?"

"주막은 무엇 하게?"

자라가 흘겨보며 슬며시 토끼에게 말을 낮추었다.

"송곳이든 망치든 빌려다가 별주부 등에 말뚝 하나 박아서 손잡이나 하게요."

"오래 타다 보면 익숙해질 테니 걱정 말게."

토끼는 처음 배를 탔는지라 멀미가 나서 배 속에 든 것을 모조리 게

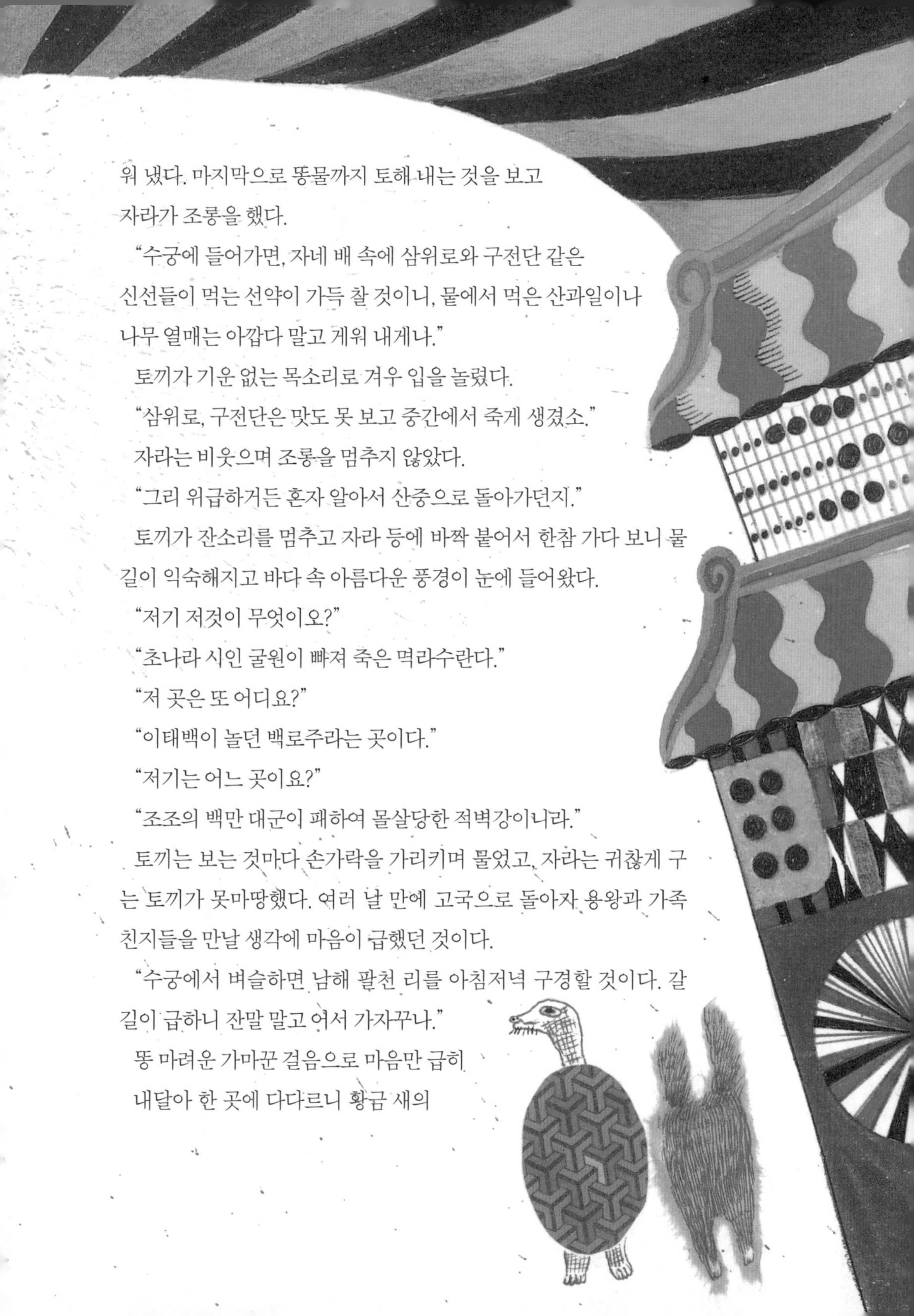

워 냈다. 마지막으로 똥물까지 토해 내는 것을 보고 자라가 조롱을 했다.

"수궁에 들어가면, 자네 배 속에 삼위로와 구전단 같은 신선들이 먹는 선약이 가득 찰 것이니, 뭍에서 먹은 산과일이나 나무 열매는 아깝다 말고 게워 내게나."

토끼가 기운 없는 목소리로 겨우 입을 놀렸다.

"삼위로, 구전단은 맛도 못 보고 중간에서 죽게 생겼소."

자라는 비웃으며 조롱을 멈추지 않았다.

"그리 위급하거든 혼자 알아서 산중으로 돌아가던지."

토끼가 잔소리를 멈추고 자라 등에 바짝 붙어서 한참 가다 보니 물길이 익숙해지고 바다 속 아름다운 풍경이 눈에 들어왔다.

"저기 저것이 무엇이오?"

"초나라 시인 굴원이 빠져 죽은 멱라수란다."

"저 곳은 또 어디요?"

"이태백이 놀던 백로주라는 곳이다."

"저기는 어느 곳이요?"

"조조의 백만 대군이 패하여 몰살당한 적벽강이니라."

토끼는 보는 것마다 손가락을 가리키며 물었고, 자라는 귀찮게 구는 토끼가 못마땅했다. 여러 날 만에 고국으로 돌아가자 용왕과 가족 친지들을 만날 생각에 마음이 급했던 것이다.

"수궁에서 벼슬하면 남해 팔천 리를 아침저녁 구경할 것이다. 갈 길이 급하니 잔말 말고 어서 가자꾸나."

똥 마려운 가마꾼 걸음으로 마음만 급히 내달아 한 곳에 다다르니 황금 새의 울음소리가 길게 들려왔다. 토끼가 고개를 들고 바라보니 백옥으로 된 현판에 황금 글씨로 커다랗게 '남해수궁 수정문'이라 쓰여 있었다.

수문장 메기와 수궁 군졸들이 자라를 반갑게 맞이하고 있을 때, 토끼는 자라 등에서 깡충 내려 뒷짐을 지고 여덟 팔 자 걸음을 걸으며 중얼거렸다.

"산속 나그네가 수궁에 도착하니 사해의 경치가 한눈에 들어오는구나."

그 모습을 자라가 고까운 눈빛으로 쳐다보다가 땅에 동그라미를 크게 그렸다.

"여보시오, 토 선생?"

"왜 그러시오?"

"이 둥그런 원 안에 가만히 앉아 계시다가 '토끼 잡아들여라' 하는 영이 내리거든 부디 놀라지 마시오."

토끼가 화들짝 놀라 물었다.

"그것이 무슨 말씀이오?"

"바깥세상에서 훈련대장 입시하라는 말과 같으니 놀라지 마란 뜻이오. 내가 얼른 들어가 토 선생 타실 가마 가지고 나오리다."

"별주부 말대로 하기는 하지만 수궁의 법이 참 더럽소이다. 내가 훈련대장 하면 그 몹쓸 법 싹 뜯어고쳐야겠소."

"그것은 알아서 하시오."

자라가 서둘러 안으로 들어가 영덕전 너른 뜰에 엎드려 용왕에게 절을 올리니, 다 죽어 가던 용왕의 얼굴에 화색이 돌았다.

"어명을 받들고 육지에 나갔던 별주부, 자라 들었나이다."

"오호, 수로 만 리를 무사히 다녀왔느냐?"

"예, 토끼를 산 채로 잡아 수정문 밖에 두었습니다."

용왕은 크게 기뻐하며 좌우 나졸들에게 명령을 내렸다.

"고생 많았도다. 어서 급히 토끼를 잡아들여라."

대궐을 호위하는 숭어 장군과 수많은 도루묵 군사들이 청색 홍색 오랏줄을 허리에 빗겨 차고 우르르 달려 나가, 동그라미 안에서 거드름을 피우고 있는 토끼를 겹겹이 에워쌌다. 숭어가 토끼 두 귀를 덥석 잡고 호령을 했다.

"이놈, 네가 토끼냐?"

토끼는 기가 막혀 가슴이 벌렁거렸지만, 황급한 중에도 아니라고 잡아떼는 것이 상책이라는 생각이 들었다.

"아니, 나 토끼 아니요."

"그러면 네가 무엇이냐?"

토끼는 깊이 생각할 여유조차 없었다.

"나 말이요? 나 개요, 개."

"개 같으면 더욱 좋다. 삼복더위에 너를 잡아 개장국도 좋거니와, 네 간을 베어 오계탕 달여 먹고, 네 껍질을 벗겨 잘량 만들어 깔게 되면, 배 속 부스럼과 피 섞인 가래에는 만병회춘의 명약이라. 이 강아지를 몰아가자."

"아이고, 나 개 아니라 소요."

"소 같으면 더욱 좋다. 힘들 때 너를 잡아서 머리, 다리, 양, 천엽, 간, 콩팥 똑같이 나눠 먹고, 네 속에 든 우황은 값비싼 약으로 쓰고, 네 뿔

∞ **입시(入侍)하다** — 대궐에 들어가 임금을 뵙다.

∞ **오랏줄** — 죄인을 묶는 붉고 굵은 줄.

∞ **잘량** — 바닥에 까는 털이 붙어 있는 개가죽.

∞ **우황(牛黃)** — 소의 쓸개에 생기는 누런 물질로 약으로 쓰임.

빼어 활도 메우고, 네 가죽을 벗겨 신도 짓고 북도 메우고, 똥오줌은 거름을 하니 버릴 것 없느니라. 이 송아지를 몰아가자."

"아니, 나 소 아니요."

"그러면 무엇이냐?"

"조금만 기다리시오. 생각 좀 하고 대답하오리다. 아차차. 나, 말이요."

"말 같으면 더욱 좋다. 말을 고를 때, 먼저 눈을 보고 나중에 발을 본다지. 또한 허리가 짧고 목이 길어야 천리마라더라. 옛날 연나라 사람들은 오백 금으로 죽은 말뼈를 사 갔다니, 너를 산 채로 잡아다 용왕 전하께 바치면 천금 상을 아니 주랴. 이 망아지 몰아가자. 들어라, 우우."

나졸들이 토끼를 꼭꼭 묶어 빨랑고 긴 막대로 쿡 찔러 들쳐 메자, 토끼가 대롱대롱 매달려 자라를 노려보며 소리 질렀다.

"네 이놈, 별주부야?"

"왜 그러느냐?"

"나 탄 것이 무엇이냐?"

"오, 그것이 바로 수궁 가마라는 것이다."

"너희 수궁 가마가 원래 이 모양이냐?"

"원래 그 모양이니라."

"아이고, 수궁 가마 두 번만 탔다가는 옹두리뼈도 안 남겠구나."

토끼가 벌벌 떨며 엄살을 부리는 사이, 나졸들은 토끼를 메고 영덕전으로 데려가 뜰 앞에 힘센 장정 볏섬 부리듯 내동댕이쳤다.

∞ **옹두리뼈** — 정강이 부분에 불쑥 튀어나온 뼈.

여덟

"토끼 잡아들였소."

토끼가 비명을 지르며 서너 바퀴 데굴데굴 구르다가 정신을 차리고 가만히 고개를 드니 강한지장과 천택지군이 좌우로 늘어서 있었다. 그리고 영덕전 안에는 가죽만 남은 용왕이 고시랑고시랑 앓는 소리를 내며 누워 있었다. 그 와중에도 토끼는 전각의 드높은 처마와 우람한 기둥을 우러러보며 감탄했다. 마치 큰 모래밭에 떨어진 좁쌀 한 알이 된 기분이었다. 토끼가 너무 놀라 눈만 껌벅거리며 앉아 있을 때 용왕이 입을 열었다.

"토끼는 듣거라. 내가 우연히 병이 들어 죽을 지경에 이르렀다. 옥황 신선에게 물어보니 네 간이 으뜸 약이라고 하여, 우리 수궁의 어진 신하 별주부를 보내어 너를 잡아 왔노라. 그러니 너는 죽노라 원망을 말지어다."

비로소 토끼는 죽을 곳에 왔다는 것을 알았고, 워낙 놀란 나머지 넋이 구만 리쯤 나가 있을 때, 용왕이 밭은기침을 콜록거리다가 나머지 말을 이었다.

"긴 세월이 지나도 너의 이름을 영원히 역사책에서 찾을 수 있을 것이다. 네 몸뚱이는 장례식을 성대하게 치러 줄 것이며, 네 일생을 비문에 새겨 두고두고 기억하게 할 것이니라. 또한 황금으로 너의 형상을 만들고 죽은 날과 명절 때마다 제사도 지내 주마."

용왕이 숨을 고쳐 쉬고 좌우 신하들을 불렀다.

"여봐라. 급히 토끼 배를 갈라 김이 모락모락 날 때 얼른 소금 찍어 올려라."

토끼는 뒤통수에 날벼락을 맞은 듯 얼얼하면서도, 훈련대장을 시켜 준다는 자라의 꾐에 빠져 수궁까지 온 것을 생각하면 부끄러운 나머지 발등이라도 찍고 싶었다.

'오냐. 호랑이 굴에 떨어져도 살아날 구멍이 있다더라. 또한 살고자 한다면 죽음을 겁내지 말라고 했지.'

토끼는 죽음을 각오한 채, 이를 악물고 배를 앞으로 쑥 내밀며 큰 소리로 외쳤다.

"자아, 내 배 따 보시오."

∞ 강한지장(江漢之將) — 강에 사는 물고기 가운데 크고 힘이 센 것.

∞ 천택지군(川澤之君) — 냇물과 연못에 사는 물고기.

자신만만한 토끼의 태도에 다들 어안이 벙벙한 가운데, 용왕은 토끼를 물끄러미 쳐다보며 속으로 생각했다.

'저놈이 배를 안 따려고 잔말이 무수히 많을 텐데, 서슴없이 배를 내미는 것은 무슨 까닭이 있는 것이 분명해.'

용왕이 눈을 부릅뜨고 토끼를 향해 말했다.

"네 이놈, 토끼야. 무슨 할 말이 있거든 유언이나 하고 죽으려무나."

마침내 토끼는 당돌하게 대답했다.

"아니오. 말하고 말 것도 없소. 그냥 배나 얼른 따 보시오."

"어따, 이놈아! 말을 해라."

토끼가 입을 다물수록 용왕은 의심이 커져 안달이 났다.

"제가 여러 말 하더라도 곧이듣지 않을 테니 그냥 배 따 보라는 말이오."

"어서 말하지 못할까?"

용왕의 호통에 못 이기는 척 토끼는 입을 열었다.

"말을 하라니 하오리다. 태산이 무너지고 뭇별이 어두운 시절, 탐욕스러운 은나라 주왕이 성현의 배 속에는 일곱 개의 구멍이 있다는 간신들의 거짓말에 넘어가 비간의 배를 갈랐으나 어디 일곱 구멍이 있었습니까? 제 배를 갈랐을 때 간이 들었으면 좋겠지만, 만일 간이 없고 보면 불쌍한 토끼의 목숨만 끊는 것일 뿐 어떻게 다시 구하겠나이까? 당장 배를 따 보옵소서."

용왕의 귀에 배 속에 간이 없다는 토끼의 말이 곧이들릴 리 없었다.

"이놈, 네 말이 당치 않을 말이로다. 의학 서적에 이르기를 지라에 병이 나면 입으로 음식을 먹지 못하고, 콩팥에 병이 나면 귀로 소리를 듣지 못하고, 쓸개에 병이 나면 혀로 말을 하지 못한다고 했으니, 간이 없고서야 어떻게 눈으로 만물을 볼 수 있느냐?"

토끼는 눈 한 번 깜박이지 않고 당당하게 쏘아붙였다.

"소토의 간은 달의 정기로 생겼기 때문에 보름이면 간을 꺼내고 그믐이면 간을 들입니다. 세상의 병자들이 소토만 보이면 간을 달라고 보채기에, 간을 내여 파초 잎에 꼭꼭 싸고 칡넝쿨로 칭칭 동여 영주산 바위 위 계수나무 가지 끄트머리에 달아매 놓고, 복숭아 꽃잎 떠가는 맑은 개울가에 발 씻으러 내려왔다가, 우연히 별주부를 만나 수궁 경치가 좋다기에 구경하러 왔나이다."

∞ 비간(比干) — 은나라 폭군인 주왕의 잘못을 바로잡기 위해 충언을 고하다가 간신들의 의해 죽은 충신.

"이놈, 네 말이 간사하기 짝이 없구나. 사람이든 짐승이든 몸속의 내장은 다를 바가 없거늘, 어떻게 간을 마음대로 꺼내고 들인다는 말이냐?"

용왕의 말이 우습다는 듯 토끼는 큰 소리로 웃었다.

"용왕께서는 하나만 알고 둘은 모르십니다. 복희씨는 왜 사람 머리에 뱀의 몸뚱이가 되었고, 신농씨는 왜 소머리에 사람 몸뚱이가 되었을까요? 대왕은 왜 꼬리가 저리 기다랗고 몸에 비늘이 번쩍번쩍하며, 소토는 왜 꼬리가 요리 뭉툭하고 털이 요리 보송보송 났을까요? 또한 까마귀를 보더라도 오전 까마귀는 쓸개가 있고, 오후 까마귀는 쓸개가 없는 법인데, 세상 만물 날짐승과 길짐승이 모두 똑같다고 박박 우기시니 참으로 답답합니다."

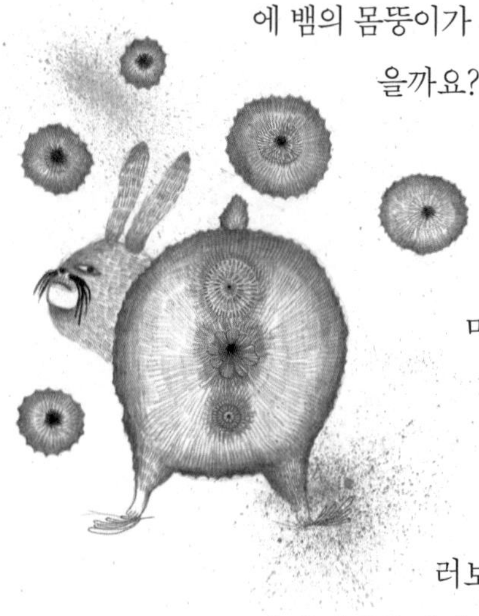

토끼가 가슴을 쾅쾅 두드렸다. 용왕이 주위를 둘러보니 잉어, 거북, 물개, 새우 등등 모든 바다짐승들이 생김새뿐 아니라 성질까지 다 달랐다. 용왕의 목소리가 한결 부드러워졌다.

"네 말이 사실이라면 간을 내고 들이는 구멍이 있느냐?"

"예, 있습니다."

"어디 보자꾸나."

"예, 보십시오."

토끼가 자신 있게 다리를 쫙 벌려 용왕에게 보여 주니, 토끼의 궁둥이에는 정말 붉은 구멍 세 개가 있었다. 용왕은 고개를 갸웃거렸다.

"저것들이 다 무엇 하는 구멍이냐?"

"첫 번째 구멍으로 소변보고, 두 번째 구멍으로 대변보고, 마지막 세 번째 구멍으로 간을 꺼냅니다."

"어느 구멍으로 넣고 어느 구멍으로 내느냐?

"입으로 넣고 아래 있는 세 번째 구멍으로 꺼냅니다. 천지 음양과 사계절의 정기를 받고 아침 안개, 저녁 이슬, 오색 빛을 모두 쐰 후, 간을 입으로 넣고 밑구멍으로 내오니 만병에 효험 있는 으뜸약이라 하나이다."

간을 꺼내고 들인다는 말에 용왕은 신기하기도 하고 더욱 입맛이 당겨, 토끼를 턱 밑으로 바짝 끌어다가 물었다.

"네 간을 먹고 효험을 본 이가 누구누구냐?"

"한둘이 아니라 다 이르기 어렵습니다. 위수의 어부 강태공이 팔십 살 때 낚시하러 왔다가 우리 할아버지 간 씻을 적에 그 물 조금 얻어 마시고, 부귀영화를 누리며 팔십 살을 더 살아 모두 일백육십 살을 사셨습니다. 또한 우리 아버지께서 장강에 빠지셨을 때, 구해준 동방삭의 은혜를 갚느라고 간 조금 주었더니 삼천갑자를 살았답니다."

"네 말이 사실이라면 너는 어찌하여 신선 노릇 아니하고 산중에서 나무꾼과 독수리의 밥이 되느냐?"

"그것은 산속의 나무 열매를 차지하기 위함입니다. 나무 열매를 먹지 않으면 간에 약이 들지 않기 때문에, 백 년 동안 나무 열매를 먹은

∞ **복희씨(伏羲氏)** — 중국 고대 신화 속의 임금으로 백성들에게 사냥과 낚시를 가르쳤다고 함.

∞ **강태공(姜太公)** — 주나라 때 사람으로 위수에서 낚시질을 하다가 문왕의 눈에 띄었고, 병법을 담당하는 관리가 되어 큰 공을 세움.

∞ **삼천갑자(三千甲子)** — 육십갑자의 삼천 배. 곧 십팔만 년에 이르는 긴 시간.

후 신선이 되어 하늘로 올라간답니다."

용왕의 마음이 거의 넘어온 것을 확신하고, 토끼는 속으로 안도의 숨을 가만히 내쉬며, 고개를 돌려 자라에게 한바탕 퍼부어 댔다.

"미련하다, 별주부야. 세상에서 나를 처음 만났을 때 그런 이야기를 하였다면, 간을 팥알만큼 떼어다가 용왕님의 병환도 낫고 너의 충성도 나타나 우리 모두가 좋았을 텐데, 이제 와서 때늦은 후회가 쓸데없구나."

자라는 용왕을 비롯한 신하들이 토끼의 속임수에 넘어가는 것이 빤히 보였다.

아홉

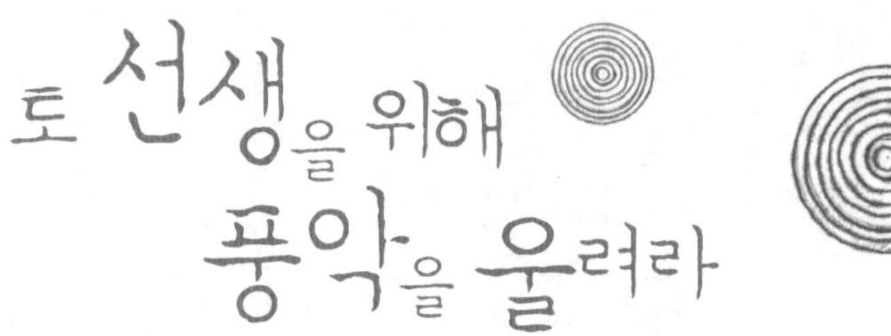

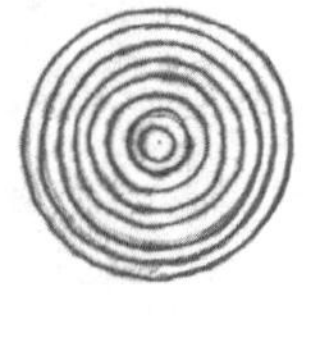

"토끼가 간을 들고 낸다는 말은 어떤 책에도 없고, 이치에도 맞지 않습니다. 당장 배를 갈라 보시고, 만일 간이 없으면 소신이 다시 육지에 나가 토끼를 잡아오겠나이다."

다 된 계획이 자라 때문에 틀어질 판이라, 토끼는 어떻게 해서든 자라의 입을 틀어막고 싶었다. 그대로 무너질 수 없다고 생각하며 다시 이를 악물었다.

"만 리 수궁까지 나를 업고 데려온 은혜가 있어 참으려고 했더니 안 되겠구나. 네 잘못을 이를 테니 잘 들어 봐라. 우선 첫 번째 잘못은 네 마음이 음흉하여 거짓말을 한 것이다. 나를 처음 만났을 때 사실대로 말했더라면, 마침 우리 가족과 친척들이 간을 꺼내는 보름날이라 약이 듬뿍 든 늙은 토끼의 간을 여러 개 주었을 것이다."

약이 듬뿍 든 간이라는 말에 용왕과 수궁 신하들이 모두 입맛을 다시며 자라에게 눈을 흘겼고 토끼는 만족스러운 얼굴로 더 공격했다.

"두 번째 잘못은 빨리 간을 가지러 가야 하는데도 내 배를 갈라야 한다고 고집을 부리는 것이다. 내가 수궁에 벼슬하러 너를 따라갔다는 소문이 자자할 텐데, 네가 혼자 산중으로 가면 길짐승들이 살려 두겠느냐? 너 죽는 것은 누구를 탓하겠느냐만 용왕님의 병을 어찌한단 말이냐? 이제 나는 죽어도 한이 없으니, 아나 어서 내 배를 갈라 보거라."

토끼는 배를 와락 내밀며 소리치자, 자라는 할 말을 잃고 눈만 깜박거렸다. 용왕이 신하들을 둘러보자 좌승상 잉어가 앞으로 나섰다.

"배 속에 간이 들었는지 아닌지 의심스럽지만, 어찌 되었든 토끼는 죄 없는 짐승입니다. 경솔히 배를 갈라 간이 없다면 큰 낭패이니 가르지 마옵소서."

우승상 거북도 잉어를 힐끗 보고 토끼의 비위를 맞추기 위해 거들었다.

"기왕 살려 보낼 것이라면 물고기를 잡기 위해 미끼를 던지듯 토 선생을 감동시키는 것이 어떨까요?"

"어떻게 한단 말인가?"

"토 선생을 위해 잔치를 성대하기 베풀어 주는 것이 좋을 듯합니다."

용왕이 고개를 끄덕거리고 나서 자라를 꾸짖었다.

"미련한 것 같으니라고. 토 선생에게 사실대로 고하지 않은 것은 너의 잘못이다."

신하들을 향해 큰 소리로 명령을 내렸다.

"이미 지나간 일은 더 들먹이지 말고, 토 선생을 높은 자리로 모셔라. 술과 안주를 넉넉히 장만하고 풍악을 울려 토 선생을 위로하라."

용왕의 궁녀들이 내려와 토끼를 양쪽에서 부축하여 전상으로 데리고 갔다. 용왕이 토끼에게 술을 권하며 지나간 잘못을 사과했다.

"아까 있었던 일은 모르고 한 것이니 마음에 두지 마오."

"하마터면 죽을 목숨이 용왕님의 은덕으로 살았으니 어찌 마음에 두겠습니까?"

용왕이 빨간 토끼 눈알을 보며 말했다.

"토 선생의 눈을 보니 간에 약이 많이 들었겠소?"

"두말하면 잔소리지요. 간을 내는 날은 온 산중에 그윽한 약 내음이 가득합니다."

용왕이 더욱 좋아하며 은근히 물었다.

"그럼 간을 가져오자면 얼마나 걸리겠소?"

"수로 만 리를 별주부가 나를 업고 헤엄치면 나흘 걸리고, 육로 만 리는 제가 별주부를 업고 달리면 사흘 걸립니다. 가는 데 이레 돌아오는 데 이레, 넉넉히 잡고 보름이면 충분할 것입니다."

토끼를 대접하기 위해 수궁에 큰 잔치가 열렸다. 용왕과 토끼의 뒤

편에 황금 실로 수놓은 병풍이 길게 펼쳐지고 오색이 영롱한 수정 구슬로 만든 발이 눈앞에 높이 걸렸다. 화려하게 꾸민 수궁의 아름다운 미녀들이 옷자락을 펄럭거리며 춤을 추고, 피리 소리와 비파 소리가 낭자한 가운데 사십 명의 어린 소년들이 나와 노래를 불렀다. 술상 위에는 신선들이 마신다는 천일주 백일주가 호박 병에 가득하고, 삼위로 구전단과 불로초 불사약이 접시마다 수북했으니, 잔치의 규모가 영덕전 낙성연보다 못하지 않았다.

토끼는 용왕이 따라 주는 술 석 잔을 연거푸 마시고, 술맛을 보느라 한 잔, 귀한 안주 먹고 한 잔 두 잔 들이킨 것이 그만 수십 잔을 마시고 말았다. 술이 이마 꼭지까지 차오르고 두려움은 점점 사라지자, 토끼는 무희들 앞으로 비틀비틀 다가갔다.

“앞내 버들 숲은 푸른 천 장막 같고, 뒷내 버들 숲은 녹색 버들 장막이라. 한 가지는 찢어지고 또 한 가지는 펑퍼짐하니, 봄날의 온갖 흥취를 못 이기어 우줄우줄 춤을 출 때, 어머님은 물동이를 이고 아버지는 노구를 지고 노고지리 노고지리 즐겁구나.”

토끼는 앞발을 뫼 산(山) 자 모양으로 번쩍 들고 무희들과 어울려 춤을 추다가, 가장 마음에 드는 무희의 귀에다 조그맣게 속삭였다.

“세상 사람들이 몰라서 그렇지, 내 간뿐 아니라 나하고 입만 맞추어도 삼사백 년은 보통 살 수 있다네. 자네 나하고 입 한번 맞출 텐가?”

수궁의 무희들이 가까이 몰려와 있다가 토끼의 말을 듣고 서로 입을 맞추려고 한바탕 소동이 벌어졌다.

한참 신이 나서 놀고 있을 때, 토끼 뒤를 살금살금 따라다니던 대장 범치가 토끼의 배 속에서 촐랑거리는 소리를 듣고 냅다 외쳤다.

"토끼 배 속에서 간이 출랑출랑하는구나."

토끼가 어찌나 놀랐던지 술이 확 깼다.

"어떤 시러베자식이 내 배에 간 들었다고 하느냐? 용왕이 하도 권하기에 못 마시는 술을 몇 잔 마셨더니 배 속에서 똥 덩어리가 출랑거리는 소리다."

겨우 둘러대고 나니, 이번에는 자라가 다가와 넌지시 꾸짖었다.

"내 귀에도 간이 출랑거리는 소리가 분명하거늘, 잔꾀로 우리 용왕을 속이려 들다니……."

자라의 눈에 살기가 번뜩이니 토끼는 겁도 나고 분도 치밀었다. 어떻게 하면 자라를 혼내 줄까 생각하다가 용왕에게 다가가 무릎을 꿇고 아뢰었다.

∞ **노구** — 놋쇠로 만든 솥.

내가 가본 용궁

김시습의 『금오신화』 중 〈용궁부연록〉에서 한 선비는 상량문을 지어 달라는 용왕의 초대로 용궁을 여행하게 되지. 한 선비는 용궁에서 즐거운 잔치를 즐기지만 용궁에 다녀온 뒤 오히려 '인생의 덧없음'을 깨닫고는 세상을 등진 채 산으로 들어가고 말아. 이 소설에서 용궁 체험은 유한한 인생을 성찰하는 계기로 그려졌다고 봐.

글과 글씨가 아주 뛰어난 최치원에게 용왕의 아들이 찾아와 겸손하게 배움을 청하는 이야기도 있어. 이렇게 인간으로부터 용궁의 존재들이 도움을 받는다는 이야기에는, 부에 있어서만큼은 지상 세계가 용궁을 따라갈 수가 없지만 문화에서는 지상의 사람들이 우월하다는 자부심이 담겨 있지.

우리 조상들은 바다 속에 용궁이 있고 그곳에 용왕이 살고 있다고 믿었어. 그래서 용궁을 배경으로 하는 고전 소설이 꽤 있지. 우리 조상들이 소설 속에 그려진 용궁을 통해 신비로운 바다 속을 꿈꾼 것이라고 생각해. 고전 소설의 주인공들이 체험한 용궁 여행을 통해 조상들의 상상력을 느껴 볼까?

심청은 용궁을 여행한 이후로 완전히 삶이 바뀌어. 용궁은 이전의 고난이 모두 사라지고 새로운 세상이 열리는 장소라 할 수 있지. 『심청전』에서 물은 죽음을 의미하면서 동시에 부활을 의미해. 이러한 완벽한 변화와 행복은 현실의 고난을 안고 살아가는 조상들이 상상을 통해서나마 실현하고 싶은 꿈이었을 거야.

토끼는 처음에 용궁이 신비롭고 풍요로운 곳이며, 성대하고 융숭한 대접을 받을 수 있는 좋은 곳이라고 생각했어. 하지만 그곳에서 자신의 생명이 위협당하자, 육지가 훨씬 좋은 곳임을 깨닫게 되지. 병과 죽음이 있는 용궁은 육지와 별로 다를 게 없는 세계였던 거야. 비록 추위와 많은 어려움이 있는 육지이지만, 자신이 살던 곳이 얼마나 좋은 곳인지 깨달은 거지. 이런 토끼를 통해서 우리는 조상들이 품은 현실적 삶의 터전에 대한 애정과 긍정적인 태도를 엿볼 수 있지 않을까?

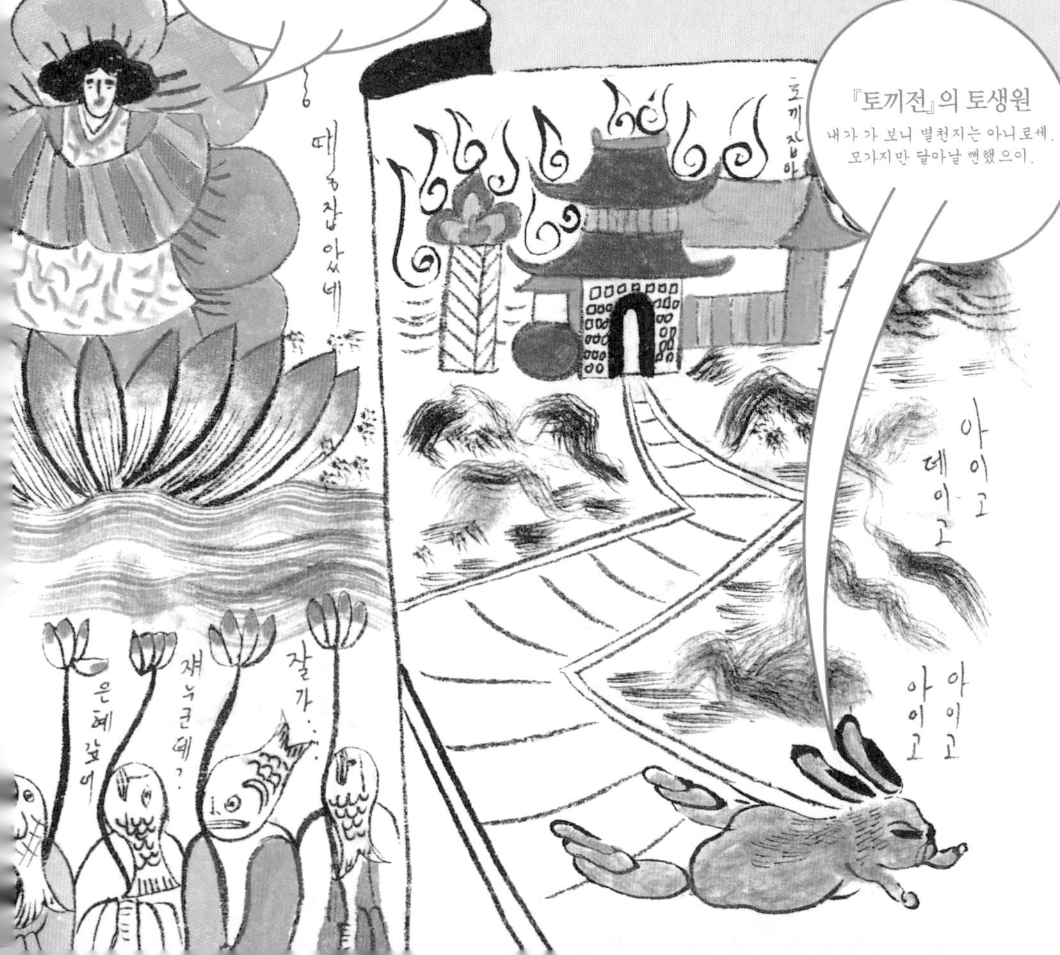

열

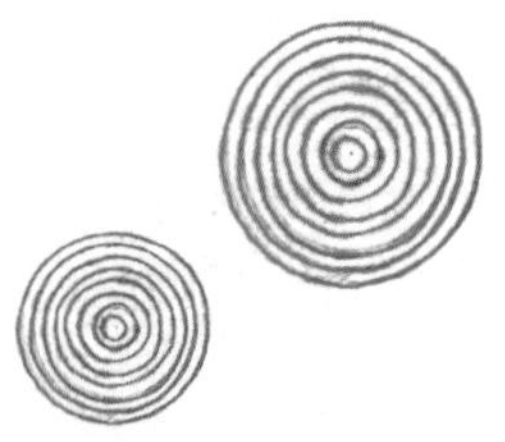

하룻밤 인연을 못 잊겠네

"제가 육지에서 의서를 많이 봤사온데, 음허화동으로 난 병에 원기를 회복하기 위해서는 오래 묵은 자라를 푹 삶아 자라탕을 끓여 드시는 것이 가장 좋다고 하옵니다. 우선 자라탕을 잡수시고, 그 다음에 소토의 간을 드시면 완전히 나으실 것이옵니다."

토끼는 슬그머니 자라를 쳐다보았다. 이미 용왕은 토끼에게 홀려 사슴을 말이라 해도 믿을 지경이 된지라, 즉시 별주부 자라를 잡아들이라는 명령이 떨어졌다. 자라 사촌 거북이 간곡히 아뢰었다.

"옛말에 토끼를 다 잡으면 사냥개를 삶아 먹고, 높이 뜬 새를 다 잡으면 좋은 활을 넣어 둔다 하였습니다. 별주부는 만 리 떨어진 육지에 나가 공을 세우고 돌아왔는데 상을 내리지 않고 죽이는 것은 세상에서 한 번도 들어 본 적이 없는 경우입니다. 차라리 별주부 대신 암자라를 약으로 쓰도록 하옵소서."

용왕이 허락을 하자 자라는 허겁지겁 집으로 돌아와, 안방으로 들어가더니 별 부인을 붙잡고 큰 소리를 내어 울었다. 한바탕 울고 나서 별 부인을 안심시키느라 눈물을 닦고 말했다.

"내가 경솔한 말로 토끼를 해치려다 죄 없는 부인을 이 지경에 이르게 하였구려. 그러나 토끼는 나와 만 리 길을 함께한 정이 있고 마음이 약하여 고집스럽지 않으니, 우리가 정성을 다하여 빌면 불쌍하게 생각하고 구해 줄 것이오."

자라의 말에 별 부인은 안채를 깨끗이 치우고 잔칫상을 떡 벌어지게 차린 뒤 토끼를 불렀다. 자라와 별 부인은 토끼를 높은 자리에 앉히고 마당에 꿇어앉아 백번 죄를 빌었다.

"오늘날 우리 두 목숨이 토 선생께 달렸으니 넓은 마음으로 목숨이나마 살려 주소서."

토끼가 수염을 만지작거리며 거만하게 웃었다.

"처음부터 나를 죽을 곳으로 유인한 것도 괘씸하거늘, 하물며 너는 내 배 속에 없는 간을 있다고 하여 기어이 죽이려 했다. 이제 와서 위급해지자 구걸을 하는 것은 나를 조롱하자는 것이냐?"

"임금님의 병이 생사를 넘나들며 위중한데 신하의 도리로 어찌 물불을 가리겠습니까? 그 일로 꾸짖으시면 입이 열이라도 할 말이 없습니다. 또한 제가 잔치 마당에서 경솔하게 한 짓은 죽어도 씻지 못할 큰 죄입니다만, 장차 큰일을 하실 대장부께서 한순간 우스갯소리를 그토록 심하게 꾸짖으시니 몸 둘 바를 모르겠습니다."

자라가 바닥에 머리를 찧는 모습을 보고 토끼는 웃음을 참을 수 없었다.

"살기를 바란다면 오늘밤 네 아내를 내 방으로 들여보내라. 그러지 않으면 너희 집안 모두 멸문지화를 면치 못할 것이다."

자라가 고개를 돌려 슬픈 얼굴로 별 부인에게 물었다.

"당신 생각은 어떻소?"

"나리께서 육지에 가서 공을 이루고 돌아와 높은 벼슬을 하게 되면 저 또한 부귀영화를 누려 볼까 했더니, 부귀영화는커녕 집안이 망하게 생겼군요. 충신 노릇은 나리만 하시고 저에게는 열녀 노릇도 못하게 하시니 참으로 원통합니다. 제가 자결한 후 나라에서 '만고열녀 정부인 별씨지문'이라 정문을 내리시면 나리의 이름이 더욱 빛날 것인데 어찌 그런 생각을 하지 않으십니까?"

별 부인이 차라리 죽겠노라 고집을 피우자 자라는 눈을 부릅떴다.

"부인의 말이 내내 옳소만, 집안이 멸문지화를 당할 지경인데 한낱 절개만 지키고 권도를 좇지 않겠단 말이오?"

권도라는 말에 별 부인은 고개를 숙이고 눈물을 흘렸다.

"나리 말씀이 그러하면 첩이 고집을 부리기 어려우니 처분대로 하십시오."

자라가 별 부인을 토끼에게 데려가니 토끼의 입이 함빡 벌어졌다. 책상에 기대어 별 부인을 보며 의기양양하게 말했다.

"저러한 아름다움으로 누추한 곳에 있다가 나 같은 남자를 만나니 가문이 빛나지 않겠소?"

"저는 절개를 지키지 못한 죄인입니다. 더 살아 무엇 하며, 더 말한들 무엇 하겠습니까?"

별 부인의 대답을 듣고 토끼는 한바탕 호탕하게 웃고 나서, 베개를 다정하게 베고 나란히 누워 사랑가로 위로하니 별 부인의 얼었던 마음이 봄날 고드름 녹듯 스르르 풀렸다. 토끼와 하룻밤 잠자리를 하고 난 후, 새로운 정이 얼마나 깊었던지 자라와 백 년 동안 함께하자던 약속은 뜬구름이 되었다. 창문 밖으로 해가 돋자, 별 부인은 토끼의 손을 꼭 부여잡고 보내기 아쉬워 눈물을 흘렸다.

토끼는 별 부인과 작별하고 영덕전으로 들어가 용왕에게 아뢰었다.

"어제 자라탕을 쓰자고 한 것은 용왕 전하의 병환이 걱정되어 성급하게 드린 말씀이옵니다. 밤새 고민해 본즉, 먼저 소토의 간을 써 본 다음, 다른 처방을 써도 늦지 않을 것이옵니다. 또한 별주부는 공이 매우 큰 충신이라 그 아내를 함부로 죽이는 것은 나라의 큰 의리를 그르치는 것입니다. 제가 수궁에 들어와서 맡은 첫 일이 잘못된다면 앞으로 무슨 얼굴로 조정 신하들을 대하겠나이까?"

토끼의 말에 용왕이 크게 기뻐하며 신하들에게 물었다.

"토 선생이 세상에 나가 간을 가지고 돌아오면 공로와 수고에 보답하기 위해 무슨 상과 벼슬을 내리는 것이 좋겠는가?"

조정의 벼슬을 담당한 이부 상서 농어가 아뢰었다.

∞ **멸문지화(滅門之禍)** — 한 집안이 다 죽는 끔찍한 불행.

∞ **열녀(烈女)** — 한 남자만 따르는 의지가 굳은 여인.

∞ **만고열녀(萬古烈女)~별씨지문(鼈氏之門)** — 오랜 세월 동안 찾아보기 힘든 열녀인 정숙한 자라 부인을 기리는 문.

∞ **정문(旌門)** — 충신 · 효자 · 열녀를 기리기 위해 집 앞에 세우는 붉은색 문.

∞ **권도(權道)** — 특별한 상황에 맞춰 지혜롭게 대처하는 방법.

"옛날부터 공이란 벼슬이 가장 첫머리이니 낙랑공에 봉하시고, 학문이 깊고 오묘하니 중서령과 천문 지리 능통하니 태사관을 겸하여 내리소서."

그에 질세라 나라 살림을 책임지는 호부 상서 방어도 한마디 덧붙였다.

"토 선생의 공이 어마어마한데 벼슬로만 되겠습니까? 남해 수국을 절반 잘라 주어도 아깝지 않지만, 우선 동정호 칠백 리를 뚝 떼어 주시고, 해마다 좋은 비단 천 필과 진주 백 알을 하사하시옵소서."

용왕이 매우 만족하여 자라를 불러 명을 내렸다.

"별주부는 토공을 모시고 세상에 나가 속히 간을 가져오도록 하라."

별주부는 아내를 토끼에게 빼앗기고 밤새 잠을 이루지 못했다. 또한 골백번 생각해도 토끼가 간을 육지에 두고 왔다는 말을 믿을 수 없었다. 토끼를 잡아먹을 듯 노려보다가 눈물을 뚝뚝 흘리며 마지막으로 용왕에게 아뢰었다.

"본래 토끼란 놈이 간사하여 용왕 전하와 수궁 조정의 신하들이 모두 속은 것입니다. 배 속에 들어 있는 간을 꺼내지 않고 보낸다면, 세상의 모든 길짐승 날짐승이 비웃을 것입니다. 맹획을 일곱 번 잡았다가 일곱 번 놓아주었던 제갈량의 재주가 아니면, 한 번 놓아 보낸 토끼를 어떻게 다시 잡아오겠습니까? 당장에 토끼의 배를 따 보아 간이 없다면 소신의 가족과 친척을 멸하여 주옵고, 소신을 능지처참하더라도 남은 한이 없습니다. 지금 당장 토끼의 배를 따 보옵소서."

별안간 뒤통수를 맞은 토끼는 정신을 차리고 자라에게 죽기 살기로 쏘아붙였다.

"이놈 별주부야. 너 나와 무슨 원수가 졌느냐? 용왕의 명령이 지중한데 내가 어찌 속인단 말이냐? 옛말에도 있듯이 하나라 걸왕이 포악한 정치로 용봉을 살해하고 머지않아 나라를 잃었다. 너도 내 배를 갈라 간이 없다면 너의 용왕 백 년 살 텐데 하루도 못 살 것이고, 불쌍한 나의 혼백은 너의 나라에서 사악한 귀신이 되어, 너희 수궁 만조백관을 한날한시에 몰살시킬 것이니라. 아나, 여기 있다. 배 갈라라. 똥밖에 든 것 없으니, 내 배를 갈라 보아라."

토끼는 분이 머리끝까지 나서 큰 소리로 악을 쓰고, 곧 쓰러질 듯 뒷목을 잡고 주저앉았다. 토끼의 몸에 탈이 날까 봐 다들 걱정을 했고, 가장 놀란 것은 용왕이었다.

"별주부는 무슨 잔소리가 그리 많으냐? 한 번만 더 토공을 해하고자 하면 가만 두지 않겠다. 더 시간 끌지 말고 토공을 업고 세상으로 나가 간을 가져오라."

용왕의 명령이 몹시 엄하여 자라도 더는 어쩔 수가 없는지라, 용왕에게 인사를 하고 수정문을 나와 토끼를 등에 업었다. 그때 어린 계집아이 하나가 달려와 토끼에게 편지를 전했고, 겉봉을 떼고 보니 자라 아내 별 부인이 보낸 편지였다.

∞ **공(公)** — 황제가 신하에게 내리던 으뜸이 되는 감투.

∞ **중서령(中書令)** — 최고의 행정기구인 중서문하성의 우두머리.

∞ **태사관(太史官)** — 우주 별자리 운행과 지형을 살피던 관리.

∞ **맹획(孟獲)** — 『삼국지』에 나오는 남만족의 지도자. 제갈량이 일곱 번 놓아주었으나 일곱 번 붙잡혔고, 나중에는 굴복하여 귀순하였다고 함.

∞ **제갈량(諸葛亮)** — 『삼국지』에 나오는 촉한의 정치가. 본래 농부였으나 유비가 세 번이나 찾아가 도움을 청하자 감동하여, 유비를 도와 치밀한 전략으로 천하통일을 모색함.

소첩 별 부인은 두 번 절하고 피로 쓴 편지 한 장을 토 선생께 올립니다. 소첩의 팔자가 기구하여 열 살이 되기 전에 부모님을 여의고 열다섯에 별주부를 만났습니다. 별주부의 성품이 극악하여 부부는 사이가 좋지 못했고, 오랫동안 소첩은 마음의 설움을 풀 곳이 없었습니다. 날마다 하늘을 우러러 피눈물로 하소연했더니, 하느님이 불쌍히 여기시어 낭군 같은 준수한 남자를 보내셨고, 천금같이 귀한 몸과 하룻밤 동침에 깊고 귀한 정을 비할 곳이 없습니다. 멋진 낭군을 왜 이렇게 늦게 만난 것일까요? 백 년 동안 죽지 말고 이별 없이 살자더니 나랏일에는 사사로움이 없어 하루아침에 이별을 하게 되었습니다. 어렵게 만난 중한 인연을 그리워하다가 제 몸은 병이 들었고, 창문가에 기대어 꿈속에서 임을 보고자 하나 무정한 꾀꼬리가 잠을 깨웁니다. 은하수 오작교 건너는 직녀성이 되어 일 년에 한 번 칠월칠석이라도 임의 얼굴을 보고지고. 이 몸이 죽고 죽어 만 번을 고쳐 죽어 다음 세상에서 여인으로 태어나 임과 다시 만나

거든 또다시 연분을 맺고 비취금을 덮은 후 사랑가를 부르며 넘놀고 싶습니다. 정 없는 별주부는 내사 싫습니다, 정말 싫습니다. 붓을 잡아 쓰려고 하니 하염없는 눈물이 솟아나고 가슴이 답답하여 대강 적어 보내나니 어서 급히 돌아와서 죽어 가는 이 내 목숨을 구해 주시기를 천만 번 바라나이다.

토끼도 별 부인이 그리웠으나 남의 눈도 있고, 목숨을 부지하려면 무엇보다 줄행랑이 급했다. 육지에 다녀 온 후 다시 반갑게 만나자는 말을 계집아이 편에 전한 뒤, 토끼는 자라 등에 올라 유유히 수궁을 떠났다.

∞ 소첩(小妾) — 혼인한 여인이 남편에게 자기를 낮추어 이르는 말.
∞ 비취금(翡翠衾) — 젊은 부부가 덮는 비취색 이불.

열
하
나

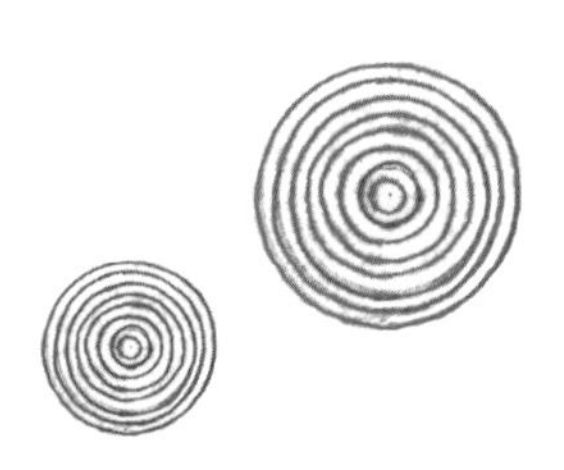

병든 용왕 살리려고 멀쩡한 내가 죽을쏘냐

무사히 살아 돌아가게 된 토끼는 어찌나 기쁘던지 춤이라도 출 듯 어깨가 들썩거렸고 콧노래가 저절로 흘러나왔다. 자라의 등에 올라 바다 위에 둥실 떠올라 물빛과 하나가 된 하늘을 보았다. 수궁에 들어가기 전에 늘 바라보던 하늘이지만 새로웠다.

"가자, 어서 가자. 이수를 바삐 지나 백로주를 어서 가자. 고향 산천을 바라보니 푸른 바다 밖에 멀리 있고, 해는 긴 모래밭에 떨어지고 가을 산 빛만 아득하구나."

토끼는 자라를 노려보며 속으로 생각했다.

'저놈이 나를 속이고 수궁으로 데려가 용왕 앞에서 한 짓을 생각하면, 저 모가지를 사정없이 눌러 죽일 일이나, 무사히 육지에 닿을 때까지는 참을 수밖에 없지.'

마음을 추스르고 자라 등에 엎드려 세상 구경을 하기로 했다. 날이 저물면 동산에 떠오른 달과 물고기 비늘처럼 번쩍거리는 물결을 보며 즐기고, 해가 뜨면 강을 가로질러 날아가는 백로에게 말을 걸며 놀았다.

사흘이 지나 아침에 눈을 뜨니 드디어 육지가 보였고, 토끼는 자라 등에 우뚝 서서 먼 산을 향해 손을 흔들었다. 자라는 물결을 따라 유유히 헤엄을 쳐 강가로 거슬러 올라가, 버드나무가 휘늘어진 강가에 토끼를 내려 주었다.

토끼는 육지에 깡충 내려서 자라가 불러도 못 들은 체 성큼성큼 앞으로 걷기만 했다. 자라는 토끼를 부르며 엉금엉금 따라갔고, 어느새 토끼는 물가에서 뚝 떨어져 층층 솟은 높은 절벽 바위 위에 성큼 올라앉았다. 자라는 올라갈 용기가 나지 않아 고개를 쭉 빼고 우러러볼 뿐이었다.

∞ **이수(二水)** — 중국 대륙을 남북으로 가르는 양자강의 지류인 진수와 회수.

∞ **백로주(白鷺洲)** — 양자강 가운데 있는 모래섬.

“별주부, 이리 올라오시오.”

“내가 그 높은 바위 위로 어떻게 올라간다는 말이오?”

“그럼 좋은 수가 있으니 잠깐만 기다리시오.”

토끼는 숲으로 들어가 칡넝쿨로 올가미를 만들어 자라를 향해 던졌다.

“그 구멍에다 목을 걸면 내가 잡아당겨 줄 테니 절벽을 붙잡고 올라오시오.”

토끼에게 간을 얻는 일이 아무리 급하다 해도 자라는 석연치 않았다.

“혹시 토 선생이 나를 죽이려고 그러는 것 아니오?”

“그럴 리가 있소. 내가 수궁에 들어가 보니 만조백관 중에 충신은 별주부밖에 없습디다. 충신은 하늘이 지키는 법인데 내가 별주부 같은 충신을 해칠 리 있겠소? 절벽 위로 올라오면 파초 잎에 싸 놓은 간을 떼어 줄 테니 얼른 모가지만 올가미에 넣으시오.”

간을 준다는 말에 자라가 올가미에 목을 걸자 토끼는 올가미 끈을 힘껏 잡아당겼고, 자라의 몸뚱이는 공중에 둥실 떠올라 네 발로 헤엄을 치듯 버둥거렸다. 토끼는 끈 한쪽을 나뭇가지에 묶고 그늘 아래 앉아 박수를 치며 좋아했다.

“별주부 너 이놈! 나를 유인하여 수궁에 데리고 가서 배를 따 간을 내어 용왕에게 먹이려 했지? 너의 엉큼한 행동을 생각하면 저기 솟

아오른 돌무더기에 너의 등껍질을 부딪쳐 옹기그릇 부서지는 소리가 나게 할 일이다. 동풍에 바짝 말라 얼른 뒈지거라. 그러면 너를 푹 삶아 국물은 자라탕으로 훌훌 마시고 건더기는 초장 찍어서 막걸리 안주로 먹을 것이다."

토끼가 장담을 하니, 자라는 기가 막혀 눈물을 흘리며 하느님에게 빌었다.

"비나이다, 비나이다. 하느님 전에 비나이다. 제 충성이 부족하여 올가미에 매달려 죽게 되었으니, 저 죽기는 서럽지 않으나 수궁에 병든 용왕을 어찌하고 죽으란 말씀이십니까. 부디 우리 용왕을 살피소서."

간절한 기도를 듣고 토끼의 마음이 누그러졌다. 자라의 변함없는 충성심과 수로 만 리를 등에 업고 데려다준 정을 생각하여 살려 주기로 마음먹고 나뭇가지에 묶어 둔 칡넝쿨의 매듭을 끌러 스르르 풀어 놓으니 올가미에 붙잡힌 자라가 땅으로 뚝 떨어졌다.

"보잘것없는 짐승이라도 임금을 위하는 마음이 기특하여 살려 주는 것이니 뒤도 돌아보지 말고 얼른 꺼져라."

토끼가 호통을 치고 돌아섰지만, 자라는 정신을 못 차리고 울먹이며 애원했다.

"여보시오, 퇴공. 그냥 가지 말고 파초 잎에 싸 두었던 간 강낭콩만큼만 떼어 주시오."

"아니 저 녀석이 아직 정신을 못 차렸네. 간 떼어 주면 나는 죽으라고."

토끼가 와락 고함을 지르고 자라에게 욕을 퍼부었다.

"제길을 붙고 찢어발길 놈아. 배 속에 달린 간을 어찌 내고 들인단

말이냐? 병든 용왕 살리려고 멀쩡한 내가 죽을쏘냐. 미련하더라, 너희 용왕과 수궁 신하들이 모두 미련하더라. 너희 용왕 지혜롭기 나와 같고, 내가 미련하기 너희 용왕 같으면 영락없이 죽었을 것이요, 내 밑구멍이 셋이 아니라면 내 목숨이 어찌 살았으리. 내 돌아간다, 나는 돌아간다. 흰 구름 뜬 청산으로 나는 간다."

토끼가 어깨를 들썩거리며 돌아섰다.

"그럼 좁쌀만큼만 떼어 주고 가란 말이요."

말귀를 못 알아듣고 자라가 자꾸 간을 달라고 조르자 토끼는 다시 홱 돌아섰다.

"간 말만 들어도 오싹하여 내 머리털이 곤두서는데 저놈이 또 간 타령을 하네. 오냐, 내가 너희 용왕을 살릴 수 있는 약을 처방해 주마. 똑똑히 잘 들어라. 먼저 수궁에 가 보니 예쁜 암자라 많더구나. 자라 암컷을 하루에 일천오백 마리씩 잡아서 석 달 열흘 먹여라. 또 복어 쓸개와 간을 천 석만 구하여 환약을 만들어 사흘만 먹이면, 죽든 살든 끝장이 날 것이다."

"아니, 우리 수궁 짐승들의 씨를 말릴 작정이시오?"

"그럼 또 다른 처방이 있느니라. 이것은 가미허랑탕이라고 하는 약이다. 두꺼비 쓸개 열 보, 빈대 오줌 한 그릇, 새 발톱 닷 말 서 되, 병아리 눈물 한 그릇, 벼룩 간 다섯 보, 하루살이 염통 서른 개를 흰 구름 단지에다 은하수 물을 붓고 번갯불에다 얼른 다려서 그림자 수건

∞ **제길** — 못마땅하고 불쾌할 때 욕으로 쓰는 말.

∞ **환약(丸藥)** — 한약 재료를 반죽하여 둥글게 빚은 약.

∞ **가미허랑탕(加味虛浪湯)** — 허랑한 약이라는 뜻으로 토끼가 자라를 놀리려고 지어낸 약.

에 아드득 짜서 먹이면 즉시 효과를 볼 것이요, 만일 하나라도 구하지 못하면 염라대왕이 네 할아비, 강림도령이 네 아비라도 용왕이 살기는 다 틀렸다. 잘 가거라. 나는 간다."

토끼를 놓친 자라는 바닷가에 홀로 앉아 탄식을 했다.

"아이고, 아이고. 어디 가서 토끼를 잡을꼬? 이렇듯 맹랑한 일이 또 어디 있단 말인가? 내 충성이 부족한가, 대왕의 명이 짧았던가? 수궁까지 잡아간 토끼를 약으로 쓰지 못하고 푸른 산 깊은 계곡 너른 들에 놓아 보내니, 드넓은 하늘 아래 정한 곳이 없는데 어디 가서 토끼를 다시 잡는단 말인가? 대왕이 돌아가시면 수궁의 많은 일을 누구와 상의하며 우리나라 굳은 사직이 망하게 되었구나. 아이고 아이고, 설운지고. 이내 얼굴 바로 들고는 우리 수궁에 못 가겠네."

자라는 수궁으로 돌아가지 못하고 해가 지는 푸른 강을 더듬어 소상강으로 흘러갔다. 그곳에 망명하여 대숲에 의지한 채 오랜 시간을 보내다가, 얌전하고 정숙한 암자라를 만나 자손을 두루 퍼뜨렸다.

자라의 아내 별 부인은 토끼와 이별한 후 상사병이 깊이 들어 몇 개월 신음하다가 속절없이 죽었다. 수궁에서는 깊은 내막을 모르고 남편인 자라를 그리워하다가 죽은 줄 알고 용왕이 별 부인의 절개를 칭송하며 정문을 하사했다.

용왕은 토끼 간을 기다리다가 병이 더욱 깊어 세자에게 왕위를 물려주고 별궁으로 물러났다. 그 뒤 잉어가 죄를 짓고 동정호로 유배를 갔다가 자라를 만나 용왕의 소식을 전하자, 자라는 하늘을 우러러 통곡한 뒤 아황 여영에게 억울함을 아뢰고 그 자리에서 자결했다.

자라의 원통한 죽음은 하늘까지 알려졌고, 하느님이 자라를 불쌍하게 여겨 사자를 수궁으로 보냈으나, 이미 광리왕은 세상을 뜬 뒤였다. 새 용왕은 자라의 충절을 깊이 추모하며 만고충신으로 봉하고 정문을 내렸다.

그 후 수국은 대대로 태평성대가 이어져, 신하와 백성들이 용왕을 우러러 만세를 불렀다. 날이 갈수록 용왕의 성덕은 하늘과 땅처럼 커졌고, 충신들의 높은 이름은 해와 달처럼 빛났다고 한다.

∞ **단지** — 목이 짧고 배가 부른 작은 항아리.
∞ **강림도령** — 원님의 명령으로 염라대왕을 잡아 온 용감한 인물. 나중에 저승사자가 됨.
∞ **아황(娥皇) 여영(女英)** — 요임금의 딸이자 순임금의 부인. 순임금이 남쪽 지방을 돌보다가 창오산에 이르러 죽자, 둘 다 남편을 좇아 소상강에 몸을 던져 열녀의 대명사가 됨.
∞ **만고충신(萬古忠臣)** — 오랜 세월 동안 찾아보기 힘든 충신.

여성은 평생 한 명의 지아비만을 따라야 한다는 가치관이 지배적이던 조선 시대에, 하룻밤 사이 다른 남자에게 반해 상사병으로 죽어 버린 별 부인 같은 여성이 정말 있었을까? 그런데 별 부인의 이야기에 많은 사람들이 배꼽을 움켜쥐고 웃었다면, 윤리와 규범보다 애정을 중시하는 여성들이 실제로도 적지 않았으리라고 봐. 웃음은 공공연한 비밀을 꼬집을 때 나오는 법이니까 말이야.

조선 시대 여인의 삶

누가 별 부인에게 돌을 던지랴

여성들의 자유로운 애정 표현

조선 시대 중기까지만 하더라도 여성의 권익을 존중하는 고려 시대의 전통이 여전히 남아 있었다고 해. 그래서 남녀 관계에서도 관습에 크게 구속당하지 않았고, 남녀 간의 애정 표현도 비교적 자유로웠지. 1586년 이응태의 부인이 남편에게 쓴 편지를 보면, "여보, 다른 사람들도 우리처럼 서로 어여삐 여기고 사랑할까요? 남들도 정말 우리와 같을까요?"라고 쓰여 있어. 이 편지만으로도 당시 사람들의 정감어린 부부 생활을 조금은 엿볼 수 있지.

사랑의 배신에 대한 철저한 응징

사랑이 언제나 핑크빛일 수는 없다는 진리는 조선 시대에도 마찬가지였나 봐. 조선 시대의 부부들도 집안일과 자녀 교육, 남편의 외도 등 갖가지 이유로 서로 싸웠거든. 하지만 부부 싸움이 가정 파탄에까지 이르게 되는 경우는, 역시 남편이 첩을 두는 문제와 관련해서였지. 조선 중기의 여성 가운데에는 남편이 첩을 두면 공공연히 이혼을 선언하거나 남편을 집에서 내쫓고 병들어 죽게 만든 여성도 있었어.

'또 하나는 덕산 현감 이형간에게 출가하였는데, 이형간에게 날씨가 아주 추운데도 금침과 의복을 주지 않고, 또 그가 집에 돌아오면 문을 닫고 들이지 않아 결국은 병을 얻게 되었다. 하루는 집에 들어가려 해도 들어갈 수가 없어 바깥채에 누워 있었으나 아무도 와서 돌보는 사람이 없었다. 불을 땐 구들이 과열되었으나 그는 몸을 움직일 기력이 없었으므로 그냥 지쳐서 죽은 것을 아침에야 비로소 알았다. -중종실록 12년 6월 3일조'

이러한 여성들의 자유는 17세기 이후 크게 제한되고 말아. 임진왜란과 병자호란으로 지배층의 무능이 온 천하에 드러나자, 지배 세력은 새로운 국가 기강을 세우려고 수직적인 유교 질서를 더욱 강조하면서 남존여비 사상이 갈수록 굳어졌기 때문이지. 하지만 조선 후기에도 양반이 아닌 여성들은 다시 결혼할 수 있었고, 뒤로 갈수록 여성의 개가에 대해 문제 제기가 일어났지. 그러한 흐름이 『토끼전』에도 반영된 것이 아닐까?

열둘

아무리 꾀를 낸들 사람 손을 당할까 보냐

수궁에서 살아 돌아온 토끼는 좋아라고 요리 뛰고 저리 뛰며 온갖 방정을 떨었다. 땅에 입을 맞추기도 하고, 흘러가는 구름을 보고 손을 흔들기도 했다.

토끼는 어깨를 활짝 펴고 가슴을 앞으로 내밀고 당당하게 걸었다. 무시무시한 수궁에서 용왕과 수궁의 신하들을 속이고 목숨을 구했으니, 세상에 두려울 것이 없었고 스스로 생각해도 기특하고 대견했다.

"항우는 천하장사로되 한고조 유방과 싸우다가 오강을 건너지 못했고, 형가는 만고협객으로 진시황을 공격하다가 역수를 건너지 못했다지. 신통한 재주와 뛰어난 말솜씨로 용왕을 속이고 바다를 건너 살아 돌아왔으니 내가 진정 영웅이라."

토끼는 여우와 너구리를 만나 수궁에서 있었던 일을 자세히 들려주었다. 자라의 꾐에 빠져 수궁에서 하마터면 간을 떼일 뻔했다는 말에 분을 내다가, 용왕과 너나들이하며 신선들이 먹는 귀한 안주에 천일주를 취하도록 마셨다고 하자 부러워서 침을 꼴깍꼴깍 삼켰다. 친구들의 귀가 시릴 정도로 한바탕 허풍을 늘어놓은 후, 토끼는 바위굴에 있는 집으로 가기 위해 숲속으로 성큼성큼 올라갔다.

한참 가다 보니 지름길이 나왔고, 토끼는 오르막길 한가운데 멈춰서 어느 쪽으로 갈까 고민했다. 지름길로 가면 빠르긴 하지만 덫과 올무가 있을 수 있고, 산등성이를 넘어 돌산 바위굴까지 가는 길은 봉우리를 빙 둘러 가야 하므로 힘도 훨씬 더 들고 시간도 오래 걸린다.

'수궁에서 용왕도 속인 내가 그깟 덫이나 올무를 두려워하리.'

토끼는 거침없이 지름길을 택했다. 소나무가 늘어선 솔숲 아래로 거침없이 달려가고 있을 때, 어디선가 송이버섯 향내가 솔솔 풍겼다. 수국에서 돌아오느라 일주일 내내 쫄쫄 굶었더니 배 속에서 꼬르륵 소리가 요란했다.

토끼가 송이버섯 냄새에 홀려 군침을 꼴깍 삼키며 뒷다리를 웅크렸다 앞으로 펄쩍 뛰어나가 송이버섯을 움켜쥐었을 때, 굵은 올무가 능구렁이처럼 토끼의 앞발을 칭칭 휘감았다. 나무꾼들이 노루나 사

∞ **항우(項羽)** — 진나라 말기 반란을 일으켜 초나라를 세운 영웅. 진시황 이후 천하를 통일한 한나라 유방과 경쟁하다가 스스로 목숨을 끊음.

∞ **형가(荊軻)** — 전국 시대 자객으로 진시황을 암살하려다가 성공하지 못하고 참수당했음.

∞ **만고협객(萬古俠客)** — 보기 드물게 의롭고 씩씩한 기개가 있는 사람.

∞ **올무** — 새나 짐승을 잡는 데 쓰는 올가미.

슴 같은 작은 길짐승을 잡으려고 놓은 올무에, 토끼는 비명조차 크게 지르지 못하고 소나무 가지 아래 거꾸로 대롱대롱 매달렸다.

"아이고, 이것이 웬일이냐?"

토끼는 기가 막혀 버둥거리며 울부짖었다.

"차라리 내가 수궁에서 죽었더라면 곱게 죽어 몸뚱이를 편안히 장사 지내고 정초 한식 단오 추석, 일 년에 네 번 제사나 착실히 받아먹었을 텐데, 이제는 얼굴도 모르는 놈의 배 속에서 하릴없이 똥이 되게 생겼구나."

토끼가 슬피 울며 탄식하고 있을 때, 쉬파리 한 무리가 위잉 날아왔다. 쉬파리들은 토끼가 죽은 줄 알고 주변을 날아다니며 냄새를 맡았다. 토끼의 머릿속에 좋은 꾀가 떠올랐다.

"아이고, 쉬 낭청 사촌님들 어디 갔다 이제 오시오?"

"오오, 너 올무에 걸려 꼼짝없이 죽게 되었구나."

토끼가 불쌍한 표정을 지으며 최대한 공손하게 말했다.

"쉬 낭청 사촌님들, 내 몸에 쉬를 듬뿍 슬어 주시면 살아날 구멍이 생기겠소."

토끼의 말에 쉬파리들이 날개를 파들파들 떨며 웃어 젖혔다.

"아무리 네가 꾀를 낸다고 한들 사람의 손을 당할까 보냐?"

"사람의 손이요? 그것이 무슨 말씀이오?"

"사람의 손이 너 같은 짐승들을 잡아먹기만 해서 무서운 것이 아니다. 그 안에는 천지 음양 조화가 다 들어 있으니라."

"사람의 손이 그리 대단하단 말이오?"

"내가 이를 테니 들어 봐라. 사람의 내력을 들어라. 사람의 손이라 하는 것은 엎어 놓으면 하늘이요, 뒤집어 놓으면 땅이란다. 요리조리 손금이 있기는 일월이 다니는 길이요, 손가락으로 달의 길이를 나누어 보면, 집게손가락이 가운뎃손가락보다 못한 것은 정월 · 이월 · 삼월이요, 가운뎃손가락이 가장 길기는 사월 · 오월 · 유월이요, 약손가락이 가운뎃손가락만 못하기는 칠월 · 팔월 · 구월이요, 새끼손가락이 가장 짧기는 시월 · 동지 · 섣달이라. 이와 같이 사람 손 안에 일 년 열두 달이 다 들어 있으니, 네가 아무리 꾀를 낸들 사람 손을 당하겠느냐? 잔소리 말고 그냥 죽어라."

'쉬파리들이 언제 저렇게 주역을 통달하였는가? 별꼴을 다 보겠네.'

토끼는 속으로 어이없으나 비위를 맞출 수밖에 없었다.

"과연 사람이 손이 무섭구려. 그러나 죽고 살기는 내 재주에 매였으니 쉬나 슬어 주시오."

∞ **쉬 낭청(郎廳)** — 낭청은 조선 시대 정삼품에서 종구품까지 벼슬아치를 이른 말. 여기서는 쉬파리를 높여 부른 말.

∞ **주역(周易)** — 유교 경전의 하나로 우주만물의 흐름과 변화의 이치에 관해 기록한 책.

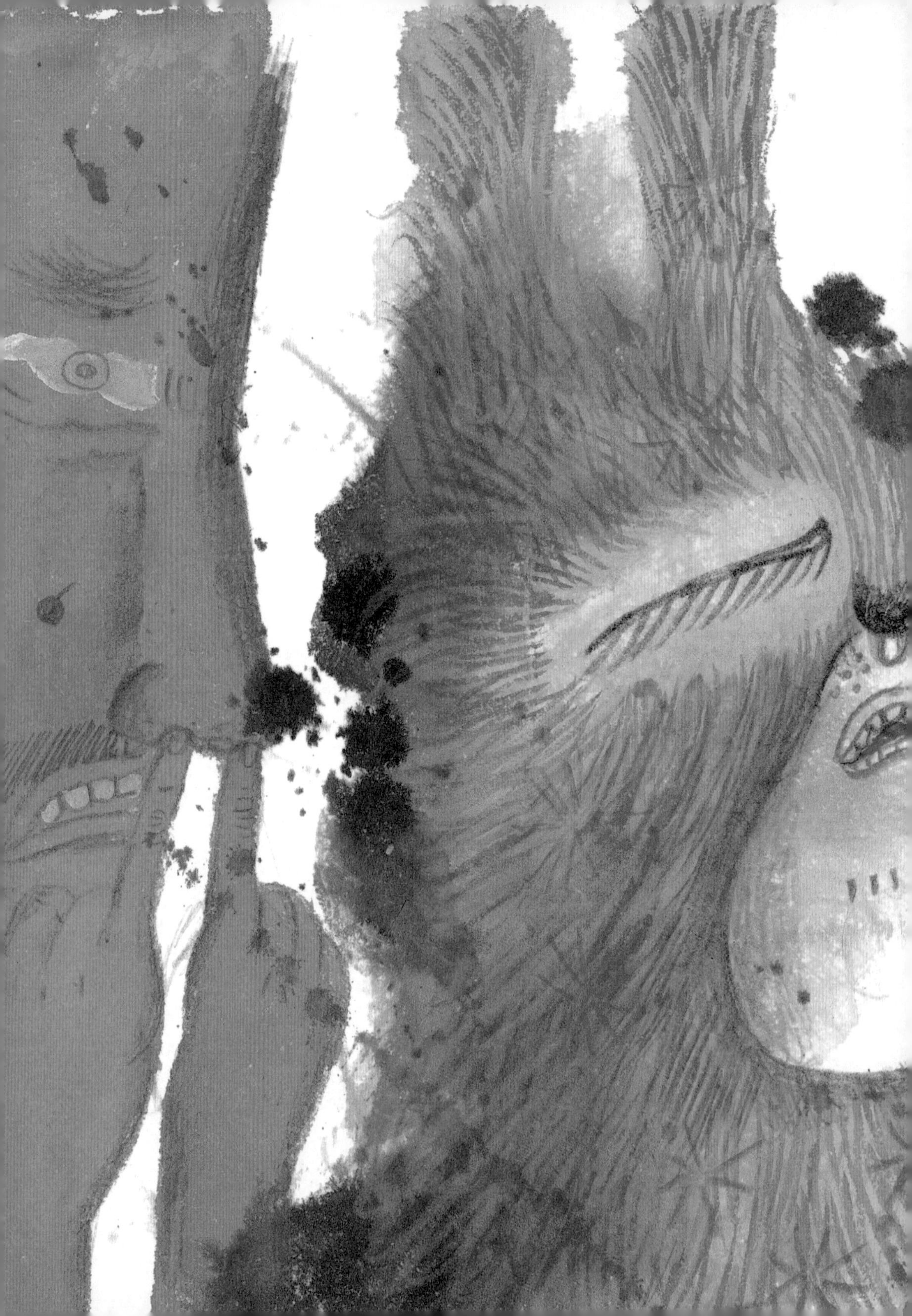

"네가 정 그렇다면 원이나 없게 쉬를 슬어 주마."

수만 마리 쉬파리들이 토끼에게 우우 달려들어 두 귀부터 앞발 뒷발 발톱까지 온통 쉬를 슬어 주었다.

쉬파리들이 썩은 짐승을 찾아 날아간 후, 토끼는 쉬를 한 짐 가득 짊어지고 죽은 듯 가만히 축 늘어져 있었다.

점심 무렵 아랫마을 사는 나무꾼들이 낫을 갈아 지게에 넣어 짊어지고 산속으로 올라와, 잠시 신세를 한탄하며 피로를 잊으려고 메나리 소리를 흥겹게 불렀다.

"천지가 생기고 사람이 날 적에 본래 후함과 박함이 없으련만 우리는 무슨 팔자기에 이 고생이 웬일이냐. 태곳적 사람들은 나무 열매를 먹고 살았는데 유소씨가 집을 짓고 수인씨가 화식을 가르친 후 이렇게 피곤하게 되었네."

"어이 가리 너화로다, 어이 가리 너화로다."

머리 좋고 목청 좋은 나무꾼이 소리를 메기면, 나머지는 뜻도 모르면서 받았다.

"여보게나. 자네들은 그 골을 베고 나는 이 골을 베어, 부러진 나뭇가지 떨어진 낙엽을 긁고 베고 몽똥그려, 있는 힘껏 구해다가 부모님을 정성껏 모셔 볼거나."

"어이 거리 너화로다, 어이 가리 너화로다."

∞ **메나리** — 남도 지방의 농부들이 일하면서 부르는 노랫가락.

∞ **유소씨(有巢氏)** — 고대 중국 신화 속 인물. 맹수의 습격을 피해 처음 나무 위에 집을 지었다고 함.

∞ **수인씨(燧人氏)** — 고대 중국 신화에서 불을 발견한 인물.

한참 즐겁게 노래를 부르며 올라오다가, 그 가운데 눈 좋은 나무꾼이 소나무 가지에 걸려 있는 토끼를 발견했다.

"야야, 올무에 토끼 걸렸다. 우리 출출하던 차에 잘 됐네. 구워 먹고 가게 불 피우세나."

가장 힘 좋고 심술궂게 생긴 이가 나서서 토끼를 올무에서 쏙 빼더니, 뒷다리를 움켜쥐고 이리저리 훑어보았다.

"이놈 걸린 지 오래되었나 보다. 눈깔, 콧구멍까지 쉬가 가득 슬었구나."

"그것 썩었는지 냄새나 한번 맡아 봐. 썩은 고기 잘못 먹으면 큰일 난다네."

심술쟁이 나무꾼이 얼굴을 찡그리며 토끼를 번쩍 들어 쉬를 털어낸 후, 냄새를 맡으려고 코를 가까이 가져갔다. 토끼 머리에 코를 갖다 댔으면 무사히 구워 먹었을 텐데, 하필 움푹한 궁둥이 쪽에 대고 냄새를 맡았다.

토끼는 옳다구나, 속으로 통쾌하게 외치며 수궁에서 산해진미를 잔뜩 먹고 아까워서 꾹꾹 참아 온 도토리 방귀를 시르르 뀌었다. 나무꾼이 질색을 하며 토끼를 풀밭으로 휙 내던지더니 주먹으로 코를 싸쥐고 소리 질렀다.

"에이 퉤퉤! 저것 썩어서 못 먹겠네. 얼마나 오래되었는지 구렁이 썩는 냄새가 나네. 내 콧대가 무너져 내리는 것 같구나."

토끼는 풀밭에서 데굴데굴 구르다가 벌떡 일어나 나무꾼들을 향해 소리 질렀다.

"야, 이 미련한 놈들아. 내가 썩은 것이 아니라 네놈들 눈구멍이 썩었다. 내가 너희들보다 더한 수궁 용왕과 신하들도 속이고 살아 돌아왔는데, 고작 나무꾼인 너희들 손에 죽을 성 싶으냐? 어림없다, 이놈들아."

토끼는 또 한 번 살아났다고 신이 나서 어깨춤을 추며 놀았다.

"인자하고 관대한 한고조 유방의 도량 많기가 나 같으며, 뛰어난 지략으로 유방을 도운 장자방의 생각 깊기가 나 같으며, 신출귀몰한 제갈량의 조화 많기가 나 같으며, 무릉도원 신선인들 한가하기가 나 같으랴. 예부터 듣던 청산 두견, 여러 새들의 노랫소리, 만 리 떨어진 수궁에 다녀오니 고국산천이 반가워라. 평화로운 너른 들판 금잔디 자르르 깔린 곳에 이리 뛰고 저리 뛰며 깡충깡충 뛰어놀자. 얼씨구절씨구 지화자 좋네, 얼씨구나 절씨구."

∞ 장자방(張子房) — 유방을 도와 한나라를 세운 전략가.

∞ 신출귀몰(神出鬼沒) — 귀신처럼 나타났다 사라짐.

∞ 고국산천(故國山川) — 조상 때부터 살아온 자기 나라.

열셋

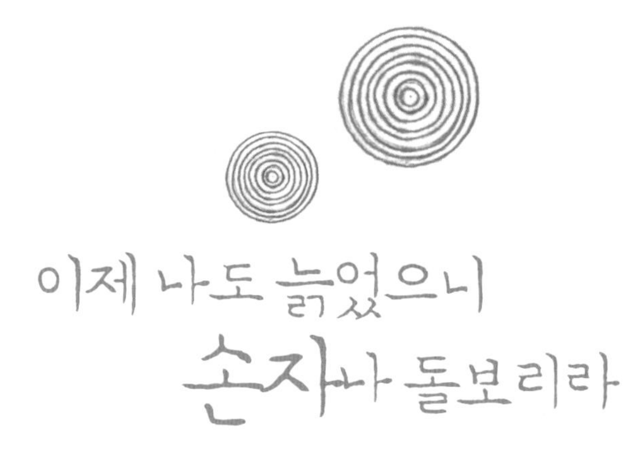

이제 나도 늙었으니 손자나 돌보리라

또 한 번 죽을 뻔한 위기에서 벗어난 후, 토끼는 집으로 돌아가고 싶은 생각밖에 없었다.

나무꾼 아이들을 물리치고 통쾌한 마음은 잠깐이었고, 수궁에서 매일 계속된 잔치에 시달리느라 쌓인 피로가 몸을 무겁게 짓눌러, 얼른 바위 굴로 돌아가 단잠을 쿨쿨 자고 싶었다.

드디어 엉겅퀴와 쑥부쟁이가 얼크러진 풀밭에 이르자 멀리 바위 굴이 보였다. 오랜만에 집으로 돌아온 토끼가 편안한 마음으로 주위를 둘러보고 있을 때, 갑자기 풀밭 한가운데 커다란 그늘이 생겼다. 그늘은 가만히 있지 않고 너울너울 움직였고, 깜짝 놀란 토끼는 불길한 기운을 느끼며, 무거운 머리를 천천히 들어 올렸다.

공중에서 위잉 소리가 들리는가 싶더니 활개를 쫙 편 독수리가 우악스러운 발톱으로 토끼 머리를 툭 후려치자, 토끼는 까무룩 정신을 잃고 서너 바퀴 굴러갔다. 독수리가 사립문만 한 날개를 펼쳐 토끼를 구슬처럼 요리조리 굴리며 좋아라고 노래를 불렀다.

"얼씨구나, 장히 좋구나. 사나흘을 굶주리다가 맛 좋은 요깃감을 얻었네. 산해진미를 가득 차린 임금님 수랏상이 부럽지 않구나. 눈을 먼저 빼어 먹을까, 골을 먼저 내어 먹을까, 배를 갈라 간을 내어 식기 전에 먹어 볼까. 이런 좋은 일이 어디 있나."

독수리가 기뻐서 날뛰는 동안, 토끼는 한숨을 푹 내쉬며 속으로 생각했다.

'이제 나는 속절없이 죽겠구나. 나더러 삼재팔난 때문에 이 세상에서 살기 힘들겠다고 한 별주부가 관상 하나는 뚫어지게 잘 봤다. 그러나 정신을 하나로 모으면 못 이룰 일이 없지.'

토끼가 얼른 정신을 차리자, 한 가지 좋은 생각이 번개처럼 스쳤다.

"독수리 장군님, 저를 어디서부터 잡수실 테요?"

독수리는 가소롭다는 듯 코웃음을 쳤다.

"곧 내 배 속에 장사 지낼 놈이 별것이 다 궁금하구나. 맛있는 대가리부터 통째로 다 먹어 치울란다."

"장군님, 죽기 전에 소원이 하나 있소."

"무슨 소원이냐?"

"분하고 원통한 설움 타령이나 들어 주시오. 그냥 죽기가 너무 억

∞ 산해진미(山海珍味) — 산과 바다에서 나온 귀한 재료로 차린 음식.

울해서 그렇습니다."

독수리는 한시도 쉬지 못하고 뛰어다니는 작고 보잘것없는 토끼가 무엇이 그토록 원통하고 억울하다는 것인지 점점 궁금해졌다. 어차피 독 안에 든 쥐라 도망칠 곳도 없으니 소원을 들어주어도 상관없을 듯했다.

"오냐, 설움 타령을 들어 보자. 그러나 너무 울지는 마라. 살 내리면 먹을 것 없느니라."

독수리의 허락이 떨어지자마자 토끼는 대성통곡을 했다.

"아이고, 아이고, 내 팔자야. 이 일을 어찌할 거나. 나 죽는 것은 서럽지 않으나, 수궁 만 리 멀리 가서 겨우 얻어 온 귀한 물건을 임자 없는 빈산에 숨겨 두고 주인 찾아서 못 전하니, 이보다 아까울까. 장군님, 어서 나를 잡아 잡수시오. 한시라도 급히 죽어 이 서러움을 잊는 편이 낫겠소."

귀한 물건이란 말에 독수리의 귀가 솔깃했다. 이미 토끼가 수궁에 다녀왔다는 사실은 숲속에 널리 퍼졌고, 길짐승과 날짐승은 물론 풀벌레들까지 모르는 이가 없었다.

"토끼야, 그것이 무슨 보물이기에 그토록 아깝다는 말이냐?"

독수리가 은근하게 묻자, 토끼는 속으로 박수를 쳤다. 불쌍한 표정을 지으며, 더욱 구슬픈 목소리로 대답했다.

"장군님, 일전에 제가 수궁을 들어갔다 왔습니다."

"음, 그 말은 들었느니라. 그래서?"

"수궁의 용왕께서 육지에서 귀한 손님이 왔다고 의사줌치라는 것을 주셨지요."

"의사줌치? 그것이 무엇이냐?"

"글쎄, 들어 보시오."

독수리가 보채자, 토끼는 슬쩍 면박을 주었다.

"이것이 꼭 요술 주머니처럼 생겼는데 쫙 펼치면 구멍이 여덟 개 있습니다."

"그래서?"

"손가락으로 한 구멍을 가야금 줄 튕기듯 건드리며 병아리 나오너라 하면, 하루에 일천오백 마리 병아리가 꾸역꾸역 나옵니다."

병아리라는 말만 들어도 독수리가 입맛을 쩝쩝 다시자, 토끼는 독수리가 가장 좋아하는 것이 무엇인지 생각해 보고, 입에서 나오는 대로 마구 지껄였다.

"그 정도는 아무것도 아니랍니다. 또 한 구멍을 건드리면서 개창자, 죽은 돼지새끼 나오너라 하면 몇 날 며칠을 쉬지 않고 몰려 나옵니다."

벌써 독수리의 눈에 토끼는 보이지 않았고, 개창자와 죽은 돼지새끼가 아른거렸다.

"그런 보물이 임자 없는 빈산에서 좀이 슬게 생겼으니 얼마나 서러운 일이오."

"토끼야, 너를 살려 줄 테니 의사줌치 나한테 주겠느냐?"

"드리고말고요. 풀이나 뜯어 먹고 나무 열매나 따 먹는 저에게 무슨 소용이 있겠습니까?"

"그럼 당장 그것을 가지러 가자."

∞ **의사줌치** — 생각 주머니, 혹은 거짓말 주머니.

∞ **좀** — 옷, 나무, 곡식, 종이 등을 못쓰게 만드는 조그만 벌레.

"혹시 그것 빼앗은 다음에 저를 잡아 잡수시려고 그러시는 것 아니오?"

"허허, 미련한 놈아. 너를 잡아먹으면 한 끼 요기일 뿐이고, 의사줌치를 얻으면 평생 먹을 것 걱정이 없을 텐데 무엇 하러 너를 잡아먹겠느냐. 그것을 어디에 두었느냐?"

토끼가 마음을 놓는 체하며, 손가락을 들어 돌산 바위 굴을 가리켰다.

"저기 바위 굴에 두었소. 벌써 까마귀와 까치가 냄새를 맡고 빙빙 날아다니며 야단이 났소."

"그럼 어서 가자."

독수리가 토끼 머리를 좋은 술병 들듯 움켜쥐고 훨훨 날아올라 돌산 바위 굴 앞에 사뿐히 내려놓았다.

"빨리 들어가서 얼른 가져오너라."

독수리 말이 떨어지기 무섭게 토끼가 좋아라고 굴속으로 들어가려 하자, 독수리가 한 발을 높이 쳐들어 토끼의 머리통을 움켜쥐었다.

"네가 들어가서 나오지 않으면 어쩔 것이냐?"

"장군님이 그렇게 못 믿겠으면, 내 뒤 발목을 꽉 잡으시오."

독수리는 토끼 뒤 발목을 붙잡고 있었고, 토끼는 몸을 숙이고 굴속으로 기어 들어갔다.

"의사줌치 찾았느냐?"

독수리가 성급하게 묻자, 토끼가 안타깝다는 듯 뇌까렸다.

"조금만 놓아 보시오. 의사줌치를 가장 깊은 곳에 두어서 손에 잡히지 않습니다."

"오냐, 그러려무나."

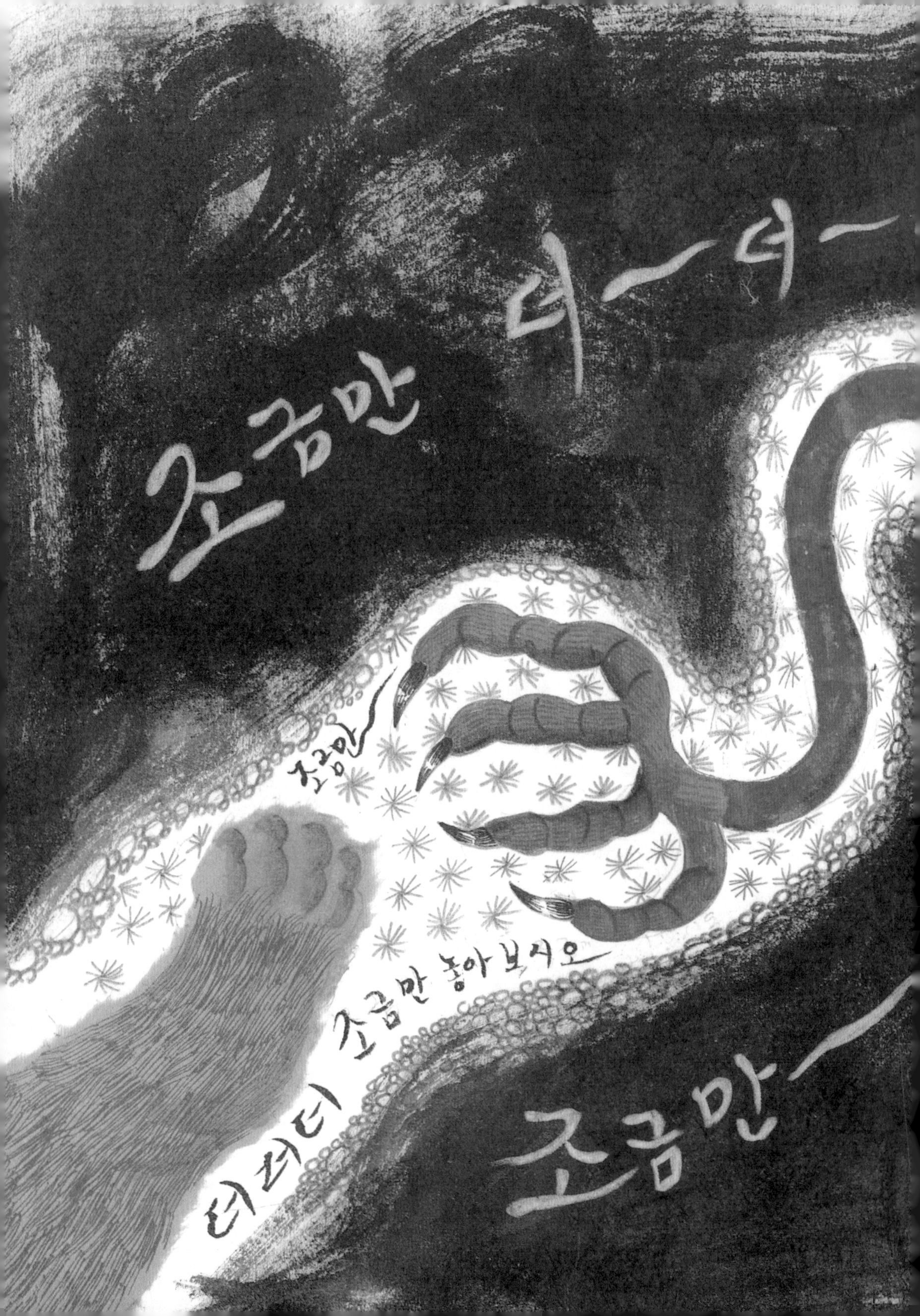
조금만 더~더~
조금만~
더러더 조금만 놓아 보시오
조금만~

조금만 놓이 보시오
조금만 더 놓이시오

독수리는 선심을 쓰는 김에 더 쓰기로 하고 토끼 발목을 좀 더 놓아 주었다.

"장군님, 손끝에 닿을락 말락 하오. 아주 조금만 더 놓아 보겠소?"

"어허, 과하구나."

"정말 조금만 놓으시면 손에 들어오겠소."

"과하다."

"조금만 더."

"이놈, 과하다니까."

"정말 조금만 더……."

결국 독수리는 토끼의 새끼발톱만 간신히 붙들게 되었고, 토끼는 젖 먹던 힘을 다해 뒷발로 독수리의 발톱을 힘껏 차고 굴속 깊은 곳에 쏙 들어가더니, 한가하게 시조 초장을 읊어 대는 것이었다.

"반 남아 늙었으니 다시 젊든 못 하리라."

독수리가 기가 막혀 토끼에게 소리 질렀다.

"네 이놈, 토끼야. 나 시장해서 죽겠다. 얼른 의사줌치 가지고 안 나올 테냐?"

뜻밖에 토끼는 한껏 여유를 부리며 담담하게 말했다.

"네 이놈, 독수리야. 내가 너한테 붙잡혀 꼼짝없이 죽게 되었는데, 너를 속여 바위 굴로 살아 들어왔으니 이것이 바로 의사줌치 아니냐? 내 발길 나가면 네 해골 부서질 것이니 어서 날아가거라."

토끼가 빙글거리며 약을 바짝 올리자, 독수리는 화가 나서 배고픈

∞ **요기(療飢)** — 배고픔을 면할 만큼 적은 음식.

∞ **시장하다** — 배가 고프다.

것도 잊었다.

"너 이놈아, 내 발톱이 얼마나 무서운지 알지? 내 발톱 들어가면 조막만 한 네 몸뚱이가 산산조각 날 것이다."

"오냐, 발톱 한번 들여놔 봐라. 날카로운 돌로 쪼아서 아주 박살을 내 버릴란다."

"앞으로 세상으로 안 나오고 굴속에서 평생 살 것이냐? 밖으로 나오는 날이 네놈 제삿날인 줄 알아라."

"이제 나도 늙어 가는 처지에 바깥출입하기도 어려우니, 손자나 돌보고 집안일이나 하며 조용히 살란다. 잔소리 그만하고 날아가거라."

그제야 독수리는 토끼에게 완전히 속은 줄 알고, 굶주린 배를 움켜쥐고 훨훨 날아갔고, 굴 밖으로 나온 토끼는 또 한 번 죽다 살아났다고 한바탕 춤을 추었다.

그 뒤, 토끼는 수궁에서 먹은 불로초와 불사약 덕분에 늙지도 죽지도 않았다. 산중에서 여러 짐승들과 태평하게 즐기며 여러 해를 지내다가, 백 살이 넘자 신선을 따라서 달로 올라가 월궁에서 약 방아를 찧는 벼슬을 하게 되었다고 한다. 이야기는 끝이 없다 하니, 그 뒤의 일이야 누가 알겠는가.

다양한 가치의 경합 무대

같은 작품이 내용을 조금씩 달리 해서 전해지는 것을 이본이라고 해. 이본이 생기는 까닭은 많은 사람들이 이야기에 자신의 생각을 넣어서 이야기를 조금씩 다르게 만들었기 때문이지. 따라서 이본을 서로 비교해 보면 당시 사람들이 그 작품을 어떻게 받아들였는지, 또 작품 속에 자신들의 꿈과 희망을 어떻게 담아냈는지를 알 수 있어.

용왕은 어떻게 해서 병이 들었는가?

❶ 비 주는 때 아니면
매일 주색으로 즐기다가
우연 병을 얻으니
가람본 토끼전

❷ 우연히 병을 얻어
병세가 점점 심하여졌으나
백 가지 약이 효험이 없어
경판본 토생전

❸ 일일은 왕이 사신을
데리고 망월루에 올라
월색을 구경하더니
홀연 기운이 불평하여
국립도서관본

❹ 용왕이 풍백과 뇌공을
거느리고 삼일 동안
비를 준 후에
찬 바람과 뜨거운 열기에
몸이 상하여 돌아와
오래지 않아 병이 들어
중산 망월전

이렇듯 판본에 따라서 용왕이 병이 든 까닭을 다르게 나타내고 있어. 이런 차이는 어떤 의도에서 생겨난 것일까? 만약 용왕을 한 나라의 임금이라고 생각한다면, 사람들은 병든 용왕을 통해 무슨 이야기를 하려고 했을까?

별주부를
보낼까 말까?

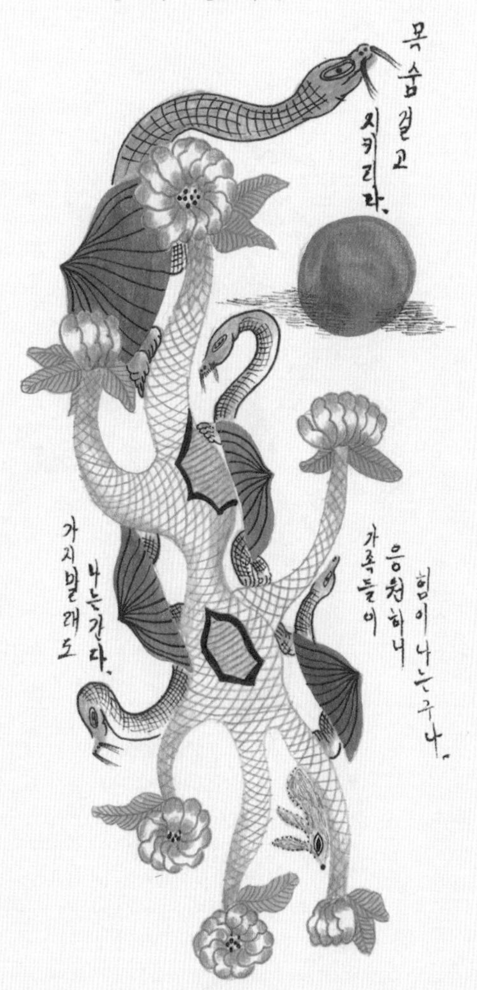

❶

임금이 병환 계셔 약 구하러
간다 하니, 임금과 신하가 간난과
사생을 함께하는 것은 당당한
직분이니, 지성으로 구하다가 만일
약을 못 얻거든 모래밭에
뼈를 드러내 거기서 죽을 것이지
돌아오지 말지어다.

완판본 퇴별가

❷

주부야! 내 나이 칠십이다.
여태껏 삼대독자 너를 믿고
살아왔는데, 네가 험한 세상 나간다니
이게 무슨 말이냐?
제발 덕분 가지 마라.

가람본 별토가

❸

낭군님,
바다 위에 우리 둘이 마주 떠서
큰 고기, 작은 고기 잡아먹던
그런 재미 다 버리고 만리타국
나가오면 어느 때 돌아오시려오?
독수공방 이내 신세,
제발 덕분 가지 마오.

가람본 별토가

❹

당상의 늙은 어머니
내가 봉양할 것이요.
슬하의 어린 자식 내가 길러 낼 것이니,
집안 생각 아예 말고 토끼만 얻어다가
임금 환후 낫게 하오.

완판본 퇴별가

육지로 별주부를 보내는 마음들이 저마다 다르게 표현되어 있지. 별주부를 아끼고 사랑하는 마음은 같은데도 어떤 판본에서는 가지 말라고 만류를 하고, 어떤 판본에서는 임금의 병을 더 중히 여겨 어서 다녀오라고 하기도 해. 임금에 대한 충성이 절대적이던 봉건 시대에, 별주부를 보내는 마음을 저마다 다르게 표현한 것은 혹여 충(忠)이라는 절대적 가치가 변화하는 추세를 반영한 것은 아닐까?

병든 용왕을 살릴까 죽일까?

❶

과인이 어리석어 생긴 일이라,
어찌 토끼를 원망하리오.
내 병도 낫지 못하고 수족 같은 신하를
죽였으니 무슨 면목으로
왕위에 있을 것이며
여러 신하들을 볼 뜻이 있으리오.

국립도서관본

❷

"내 용왕의 병을 위함이 아니라
너의 충심을 가상히 여겨 감로수를
한 병 주나니 돌아가 충심에
공을 이루라." 하고
좌수에 옥호를 내어 주거늘

김동욱본 토별산수록

❸

광연이 비록 살아날 약이 있다고 하나
토끼인들 어찌 죽음을 싫어하는
마음이 없겠는가?
광연은 용궁으로 보내고 토끼는
세상으로 놓아 주며 각기 그 천명을 즐기게
함이 천의에 순응하는 것이리라.

고대본 토공전

❹

내 똥이 매우 좋아
열을 내리게 한다 하고 사람들이
주워다가 앓는 아이를 먹인다.
네 왕도 눈망처에 열기가 과하더라.
갖다가 먹이면 병이 곧 나으리라.

완판본 퇴별가

❺

너의 수국에 암자라 많더구나.
하루에 일천오백 마리씩 달여
석 달 열흘만 먹이고 복쟁이 가루 천 섬을
가지고 오동나무 열매같이 만들어라.
그래가지고 용왕 입에다 전지를 딱
들이대고 억지로라도 다 먹여라.
그러면 살든지 죽든지 결판이 날 것이다.

박봉술 창본 수궁가

각 판본에 따라 병든 용왕은 관음보살에게 선약을 얻거나 토끼똥이나 암자라, 복쟁이 가루를 먹고 살아나기도 해. 또한 병을 치료하지 못하고 끝내 죽기도 하는데, 그런 경우 대개 용왕은 스스로의 잘못을 깨닫고 죽어 가지. 이렇게 작품의 결말이 다르게 나타나는 까닭은 인물과 사건을 바라보는 시선이 각각 다르기 때문이야. 우리도 저마다 어떤 결말이 마음에 드는지 한번 생각해 보면 어떨까?

별주부, 그는 어떻게 되었는가?

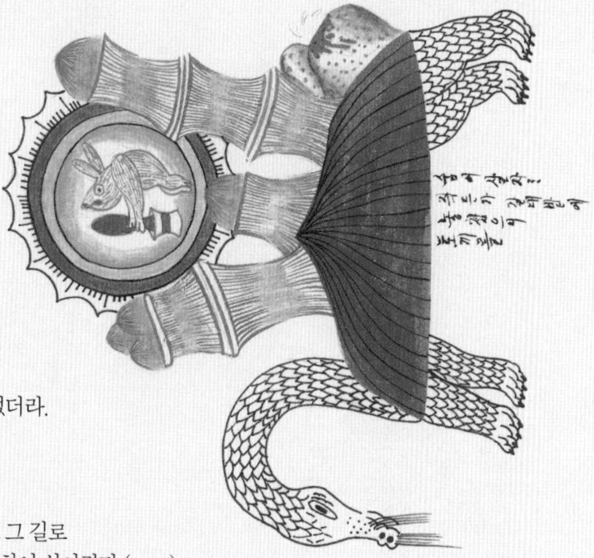

❶
"간특한 토끼에게 속고 무슨
면목으로 돌아가 왕을 보리오.
차라리 죽음만 같지 못하다." 하고
글을 지어 바위 위에 붙이고
머리를 바위에 땅땅 부딪치어 죽었더라.
경판본 토생전

❷
별주부 수국으로 들어가지 못하고 그 길로
소상강으로 돌아가서 대숲에 의지하여 살아간다.(……)
별주부 통곡하고 그 길로 돌아와서 아황 여영께 원통한
사정을 올리고 즉시 목숨을 끊었다.
가람본 별토가

위의 두 판본은 별주부가 토끼를 놓친 뒤 수궁으로는 돌아가지 못하고 바로 죽거나 망명을 한 뒤에 죽는 것으로 나타나 있어. 이 밖에도 앞에서 보았듯이 선약을 얻어 가거나 토끼똥, 복쟁이 가루를 가지고 수궁으로 돌아가서 용왕을 살리기도 하지.
그렇다면, 별주부는 과연 충신일까 아니면 끝까지 토끼에게 속고 마는 어리석은 인물일까? 어떻게 생각해?

여러 이본에 따라 부분적으로 다르게 나타나기도 하지만, 이야기 전개 과정이 완전히 다른 판본들도 있어. 수국에서 죽을 위기에 빠졌던 토끼가 다시 살아 나오는 것으로 이야기가 끝나는 것도 있고, 뒷부분에 새로운 이야기가 다시 전개되는 판본들도 있거든.
우리의 고전 소설들이 대개 내용은 조금씩 달라도 결말은 한결같은데, 토끼전은 결말조차 다르게 나타나기도 해. 이러한 이본들을 서로 비교해 가면서 읽어 보면 『토끼전』을 읽는 재미가 훨씬 커질 수 있을 것 같아.

『토끼전』 깊이 읽기

아직 끝나지 않은 토끼 이야기

구토지설에서 별주부전으로

토끼전은 수궁에서 살아 돌아온 토끼의 모험담이다. 흔히 토끼와 자라 이야기로 널리 알려져 있다. 『삼국사기』의 구토지설에서 비롯되었다고 하며, 근원을 더 파고 들어가면 인도의 불교 설화인 본생담에 닿는다.

본생담은 석가모니 부처님이 전생에 겪은 윤회 이야기이다. 윤회란 불교에서 한 생명이 삶과 죽음을 반복하는 것을 말한다. 누군가 죽으면 얼마나 착하게 살았느냐에 따라, 다음 세상에서 신분이 높거나 낮은 사람으로 태어나기도 하고 가축이나 벌레로 태어나기도 한다는 것이다. 본생담에 따르면 부처님은 가비라 왕국의 싯다르타 왕자로 태어나기 전에, 왕·부자·신하·도둑·코끼리·원숭이·공작 등 다양한 삶을 살았다. 그 과정에서 착한 공덕을 많이 쌓아 부처님으로 환생했다. 본생담 가운데 '원숭이와 악어' 이야기를 살펴보자.

원숭이와 악어는 둘도 없는 친구였다. 어느 날 악어의 아내가 원숭이 심장이 먹고 싶다고 한다. 악어는 처음에 펄쩍 뛰다가 아내가 계속 고집을 부리자 하는 수 없이 강 건너 맛있는 과일 숲에 데려다주겠다고 원숭이를 꾀어낸다. 원숭이를 업고 강을 건너던 악어가 사실을 밝히자, 원숭이는 심장을 육지에 두고 왔다고 거짓말을 한다. 악어는 그 말을 그대로 믿고 원숭이를 육지로 데려다주고, 원숭이는 악어의 어리석음을 욕하며 숲속으로 돌아가 버린다.

보다시피 '원숭이와 악어'는 구토지설과 이야기 구조가 유사하다. 본생담이 정착된 것이 기원전 3세기 이전이므로 원숭이와 악어는 구토지설보다 훨씬 오래된 이야기이다. 불교가 인도에서 중국을 거쳐 우리나라로 들어왔듯,

이야기도 똑같은 길을 따라 흘러 들어왔을 것이라고 추측해 볼 수 있다.

구토지설은 『삼국사기』 열전 김유신 편에 실려 있다. 신라가 백제의 공격을 받아 여러 성을 빼앗기자, 훗날 무열왕이 되는 신라의 왕족 김춘추는 고구려와 동맹을 맺으려고 보장왕을 찾아간다. 보장왕은 신라에게 빼앗긴 죽령 땅을 돌려 달라며 김춘추를 인질로 붙잡아 감옥에 가둬 버린다. 김춘추는 신라로 돌아가기 위해 보장왕이 아끼는 신하 선도해에게 뇌물을 주었고, 그때 선도해가 김춘추를 위해 들려준 이야기가 구토지설이다.

동해 용왕의 딸이 심장병에 걸려 죽을 지경이다. 토끼의 간을 먹어야 낫는다는 말을 듣고 거북을 보내어 토끼를 잡아 오게 한다. 거북은 온갖 달콤한 말로 토끼를 유혹하여 수궁으로 데려가려 한다. 토끼는 수궁으로 들어가는 길에 용왕의 딸을 치료하기 위해 가고 있음을 알게 되고, 간을 두고 왔다고 거북을 속여 다시 육지로 무사히 돌아온다.

선도해가 구토지설을 들려준 까닭은 토끼처럼 위기 상황을 뚫고 도망치라는 말이다. 김춘추는 말귀를 알아듣고, 보장왕에게 땅을 돌려주겠노라 약속한 후 신라로 돌아와 삼국 통일의 기틀을 마련했다.

궁금한 것은 선도해가 구토지설을 어떻게 알았는가 하는 점이다. 혹시 본생담에 관해 알고 있었을까? 삼국사기에 확실한 기록이 없으니 구토지설이 '원숭이와 악어' 이야기에 영향을 받았다고 주장하는 것은 무리다. 물론 전혀 무관하다고 잘라 말할 수도 없다. 토끼전과 구토지설의 관계도 마찬가지이다. 어디까지나 조심스럽게 추측하고 짐작할 수 있을 뿐이다.

반대로 다른 점에 눈을 돌리는 것이 세 작품의 연관성을 이해하는 데 도움이 될 수도 있다. 토끼전과 구토지설의 차이점은 구토지설과 '원숭이와 악어' 보다 훨씬 크다. 우선 겉으로 드러난 차이는 거북이 자라로 바뀌었다는 점, 간을 필요로 하는 환자가 용왕의 딸에서 용왕으로 바뀌었다는 점이다. 또한 구토지설에서 토끼가 속인 것은 거북이 개인이지만, 토끼전에서는 용왕과 수궁의 신하들이라는 집단을 속였기 때문에 구성이 훨씬 복잡해졌다. 끝부분에 토끼가 육지로 무사히 돌아온 후, 나무꾼과 독수리에게 붙잡혔다가 풀려나는 내용이 덧붙어 훨씬 풍부해졌다.

인물과 구성 등 눈에 보이는 차이보다 주목해야 할 점은 토끼전이 만들어진 시대적 배경과 작가가 표현하고자 하는 주제 의식이다. '원숭이와 악어'든 구토설화든 간에 단순한 우화가 어떻게 조선 후기 최고의 풍자 소설로 태어날 수 있었을까?

조선 후기 최고의 풍자 소설

조선 후기 이야기꾼들은 수많은 이야깃거리 가운데 왜 '토끼와 자라' 이야기를 선택했을까? 그리고 수백 년이 지난 현재까지 어떻게 살아남았을까? 그것은 바로 토끼전이 백성들의 희망과 고통을 반영한 최고의 풍자 소설이기 때문이다.

조선은 왕을 중심으로 한 양반의 나라였다. 후기에 이르러 경제적으로 농업과 상업이 발달하여 부를 축적한 새로운 자본가 계층이 생겨났고, 사회적으로 서얼에 대한 차별이 줄어드는 등 신분제가 밑바닥에서부터 조금씩 흔들리기 시작했으며, 정치적으로 삼정의 문란과 탐관오리에 저항하는 백성들의 봉기가 전국적으로 일어나면서 양반의 입지는 점점 좁아졌다.

변화의 소용돌이 속에서 백성들의 삶은 더는 피할 수 없는 궁지에 몰려 있었다. 처참한 현실은 현실의 문제가 무엇이고 누구의 잘못인가 하는 의문을 일깨웠다. 막다른 길에 몰리자 민중 의식이 한층 고양된 것이다. 그와 같이 변화된 백성들의 생각이 이야기꾼들에 의해 자연스럽게 밖으로 드러난 것이 풍자 소설이고, 그 정점에 토끼전이 있었다.

문학 작품에서 풍자의 대상은 다양하다. 남성 중심의 가부장 제도가 될 수도 있고, 양반 중심의 권력 집단이 될 수도 있고, 백성들의 고혈을 짜내는 아전들이 될 수도 있다. 그러나 풍자에도 예외가 있다. 그것은 바로 모든 사람의 위에서 군림하던 왕이다. 왕을 모독하는 것은 반역이었고, 삼족을 멸할 수도 있는 가장 큰 죄악이었다. 그럼에도 토끼전은 감히 누구도 건드릴 수 없었던 왕을 풍자했다.

왕을 직접 입에 올렸다가는 작가와 독자가 모두 위험에 빠질 수도 있다. 잘못하면 죽을 수도 있는 치명적인 위험을 피하기 위해 이야기꾼이 선택한 것은 우화라는 장치이다. 우화란, 사물이나 동물을 주인공 삼아 특별한 세계를 창조하여 이야기를 전달하는 방식이다. 우화의 세계 안에서 이야기꾼은 자유롭게 상상의 나래를 펼칠 수 있다. 특히 토끼전처럼 약자의 입장에서 사회 지배층인 강자를 문제 삼을 때, 누구의 눈치도 보지 않고 마음껏 주장을 펼쳐 나갈 수 있다. 현실의 구조적인 문제를 신랄하게 비판할 수도 있고, 최고의 권력자인 왕을 마음껏 조롱할 수도 있는 것이다.

왕은 하늘이 내린 사람이었고, 용과 비교될 만큼 성스러운 존재였다. 임금의 얼굴을 용안, 임금이 입는 옷을 용포, 임금이 앉는 의자를 용상이라 했다. 그러나 토끼전에서 용왕은 이미 수명이 다했는데 더 살려고 발버둥치는 끝없는 탐욕의 화신이고, 간을 육지에 두고 왔다는 토끼의 말을 그대로 믿을 만큼 어리석다. 특별한 존재라고 믿었던 용왕은 고작 미물에 불과한 토끼의 잔꾀에 의해 높은 옥좌에서 바닥으로 처참하게 끌려 내려온다. 마치 벌거벗은 임금님을 보는 듯하다. 백성들은 권력이라는 가면 뒤에 숨어 있던 용왕의 초라한 민낯을 보며 엄청난 통쾌함을 느꼈을 것이다. 자연스럽게 백성들 마음 속에서 토끼전의 용왕과 현실의 왕이 혼동을 일으키기 시작한다.

누가 토끼전을 지었는지 알 수 없지만, 최초 이야기꾼의 의도는 구토지설보다 비중이 훨씬 커진 토끼의 역할에서 찾을 수 있다. 토끼는 낯선 수궁에 들어가 전혀 주눅 들지 않고 당당하게 위기를 헤쳐 나갔다. 비록 육지와 물속이 다르긴 해도 용왕은 감히 우러러볼 수 없는 절대 군주이다. 그 앞에서 꾀를 지어내고, 태연하게 거짓말을 늘어놓는다는 것은 어지간한 배포가 아니라면 아무나 할 수 없는 일이다. 수궁에서 살아 돌아온 토끼는 강자를 쓰러뜨린 비범한 약자였고, 힘없는 백성들을 대변하는 민중 영웅이었다.

바싹 마른 소리를 적신 해학과 풍자

춘향전은 사랑 이야기, 흥부전은 재담으로 가득 찬 이야기, 심청전은 눈물 없이 볼 수 없는 이야기이다. 토끼전은 백성들의 일상에서 벌어지는 달콤 쌉싸래한 사랑과 감동의 이야기와 거리가 멀다. 그래서 토끼전의 판소리 형태인 수궁가를 예전에는 '바싹 마른 소리'라고 했다. 대중을 울고 웃기는 흥미와 재미가 다른 소리보다 부족하다는 뜻이다. 무겁고 남성적인 소리라는 의미에서 '소적벽가'라고도 했다. 『삼국지연의』 가운데 적벽대전을 가져다가 판소리로 만든 적벽가만큼 표현하기가 문학적으로나 음악적으로 어렵기 때문이다.

자칫 무겁기만 하고 재미없는 토끼전을 대중들이 접근하기 쉽도록 더욱 촉촉하고 말랑말랑하게 만든 것이 해학과 풍자의 요소이다. 해학과 풍자의 공통적인 핵심은 웃음과 재미이다. 상황에 따라 박장대소가 될 수도 있고, 씁쓸

한 웃음이 될 수도 있다. 특히 풍자는 웃음 속에 뼈처럼 단단한 비판 의식을 담아야 한다. 다른 판소리계 소설들도 해학과 풍자의 요소를 부분적으로 가지고 있다. 그러나 토끼전만큼 등장인물의 성격과 그들이 만들어 가는 사건에 처음부터 끝까지 해학과 풍자가 골고루 녹아들어 있는 작품은 없다.

토끼전을 크게 앞뒤로 나누어 보면 전반부는 자라가 토끼를 잡아 오는 내용이고, 후반부는 토끼가 용왕을 속이고 육지로 무사히 돌아가는 내용이다.

토끼전의 전반부에서 독자는 처음부터 예상할 수 없는 상황에 놓이게 된다. 용왕의 병을 고칠 수 있는 유일한 약이 육지에서 흔하디흔한 토끼 간이라는 것부터 매우 극적이고 재미있는 설정이다. 수국과 육지의 경계가 분명하고, 남해를 다스리는 용왕이라면 얼마든지 좋은 약을 구할 수 있을 텐데, 굳이 산속 짐승인 토끼 간을 먹어야 낫는다는 것은 무슨 억지인가? 가만히 생각해 보면, 그것은 세상에 부족한 것이 없는 용왕도 고작 토끼 한 마리를 못 구해 죽을 수 있고, 곧 이 세상에 잘나서 완벽하거나 못나서 불필요한 존재는 없으며, 더 나아가 모든 생명은 평등하다는 주장으로 읽을 수 있다.

용왕을 살리기 위해 누군가 토끼 간을 구해 와야 하지만 선뜻 나가려는 신하는 없다. 육지에 다녀오라는 지목을 당할까 봐 저마다 꽁무니를 숨기기에 바쁘다. 용왕이 버럭 화를 내자 민어는 냉큼 고래를 추천한다.

용왕이 버럭 화를 내며 신하들을 다그치자, 공부상서 민어가 앞으로 나서서 무관들을 훑어보았다. 민어의 눈이 고래 앞에서 멈추었다.

"토끼라 하는 짐승의 얼굴을 본 적은 없으나 산중에서 뛰논다고 하니 매우 용맹스러울 것이 분명합니다. 대장군 고래에게 삼천 명의 날래고 용맹스러운 군사를 주어 토끼를 포위하여 잡아 오게 하소서."

고래가 분을 참지 못하고 얼굴이 벌게져서 민어를 쏘아보았다.

"바다와 육지가 다른 것은 어린아이들도 아는 일입니다. 물속의 군사가 땅에 나가 전투를 어찌 한단 말입니까? 저렇게 생각이 부족한데도 문관의 세력에 의지해 높은 벼슬에 올라 온갖 권세를 다 부리고, 조금이라도 위태로운 일은 무관에게 떠넘기려고 하니 참으로 한심하오."

고래는 민어의 어리석음을 꾸짖고 문관과 무관의 싸움을 부추긴다. 수궁 신하들은 한시가 급한 상황에서도 문관과 무관으로 나뉘어 불필요한 정쟁을 일삼기 시작한다. 국가적 위기를 극복하는 것보다 자신이 속한 당파의 승리를 앞세우는 조선 시대 당쟁의 한 단면을 보는 듯하다. 산신령에게 서찰을 써 줄 테니 육지로 가서 토끼를 잡아 오라는 가물치의 말을 듣고, 흥분한 게가 무관을 차별하는 문관들을 향해 소리치는 다음 장면을 보면 정치 풍자의 의미를 분명히 알 수 있다.

"대사헌 도루묵은 이부상서 농어와 사돈이요, 대사간 가물치는 병부상서 숭어와 육촌 친척입니다. 나이도 어리고 경험도 없는 것들이 집안의 권세만 믿고 벼슬 한자리씩 차지하여, 세상 돌아가는 물정도 모르며 입만 나불거리다니 눈꼴이 시어서 볼 수가 없습니다. 바다와 육지가 다른데 전하의 서찰을 산신령이 받아들이겠습니까? 문관이 서찰을 쓰겠다고 하였으니 문관 가운데 하나를 보내소서."

용왕도 게의 심정을 이해할 수 있었다. 게를 비롯한 무관들은 오랫동안 문관의 권세에 짓눌려 속으로 이를 갈며 살아왔다. 그대로 두었다가 잘못하면 무관들이 들고 일어나 큰 싸움이 일어날 것 같았다. 용왕은 무관들을 다독거리고 백의재상 쏘가리에게 고개를 돌렸다.

결국 용왕을 위해 육지로 나가게 된 신하는 가장 벼슬이 낮은 별주부 자라였다. 높은 신하들이 자신들이 하기 싫은 일을 힘없는 부하에게 떠넘긴 것이다.

육지로 나온 자라가 마주친 세상도 물속과 다르지 않다. 오히려 최소한의 원칙도 없이, 강자가 약자를 짓누르고 함부로 잡아먹는 일이 흔히 벌어진다. 나이를 따져서 서열을 정하고 원칙을 세우려는 길짐승들의 회의도 산속의 제왕이라는 호랑이의 등장으로 허무하게 끝이 난다.

"장군님, 얼른 상좌에 앉으시오."

"바로 어저께 태어나셨더라도 상좌에 앉으셔야지요."

호랑이는 상좌를 차지하고 왕방울처럼 부리부리한 눈을 희번덕거렸다.

"너희 이놈들, 달싹거리지 마라. 오늘 운수가 불길한 놈 하나는 내 어금니 사이에서 절단 날 것이다. 우선 입가심할 놈 하나만 알아서 내 앞으로 나오너라."

호랑이가 입맛을 다시자 길짐승 가운데 살찐 오소리, 너구리, 노루, 멧돼지가 죽을 낯빛이 되어 벌벌 떨었다. 특히 멧돼지는 엊그제 태어난 막내아들이 걱정되었다.

토끼는 산속에서 풀을 뜯어 먹으며 사는 생태계의 가장 밑바닥 동물이다. 육지로 올라온 자라가 보자마자 토 선생이라고 치켜세우며 칭찬을 하자, 토끼는 우쭐하여 자기가 정말 잘난 줄 알고 거드름을 피운다. 아니꼽게 여긴 자라는 토끼의 삶이 얼마나 고단한지 바늘로 콕콕 찌르듯 정확하게 가르쳐 준다.

"한낱 미물인 토끼 그대의 신세가 꼭 이럴 것이오. 봄가을 좋은 시절이 다 지나면 온 세상이 꽁꽁 어는 한겨울이 되어 산골짜기 눈 쌓이고 봉우리마다 바람이 치지요. 새들은 날아가고 풀꽃과 나무 열매가 사라져 어두운 바위 아래 고픈 배 틀어잡고 발바닥만 핥는 토끼 모습 오죽이나 불쌍하겠소. 거의 굶어 죽을 뻔하다 겨우 살아나 봄이 된다 해도 나을 것은 없지요. 텅 빈 배를 채우려고 먹을 것을 찾아 높은 산 깊은 골짜기 이리저리 헤매지만 골골이 묻힌 것은 올가미와 덫이요, 봉우리마다 서 있는 것은 매사냥꾼이라, 올가미에 채이면 대롱대롱 목이 졸려 인간들의 밥반찬이 된다지요. 하늘 높은 곳에는 독수리가 떠서 토끼 대가리를 덮치려 기슭으로 몰아가고, 땅에서는 몰이꾼과 사냥개가 험한 산골을 허위허위 뒤질 적에, 토끼 놀래 후드득 뛰쳐나가면 수할치가 보낸 해동청 보라매가 수루루루 날아가, 토끼 두 귀를 양 발톱으로 덩그렇게 집어다가 꼬부랑한 주둥이로 양미간 골치 부분을 그냥 콱콱콱……."

자라의 말대로 토끼는 하루하루 살아가기가 고통스럽기 그지없다. 실제 모습을 들켜 부끄러워하는 토끼에게 자라는 수궁의 풍경을 번드르르하게 늘어놓는다.

"우리 수궁은 별천지라오. 바다는 하늘과 땅 사이에 제일 크고, 세상 만물 가운데 가장 신령스러운 곳이지요. 끝없는 바다에 천여 칸이나 되는 집을 짓되, 용의 뼈를 걸어 대들보 삼고, 준어 비늘로 기와 만들어 상서로운 기운이 공중에 가득하다오. 기둥은 유리, 주춧돌은 호박으로 만들고, 단청을 곱게 칠하여 화려하게 꾸몄지요. 우리 용왕께서 즉위하신 후, 물속의 모든 백성을 귀하여 여기고 백성들은 용왕을 우러러보니 태평성대라. 앵무조개 술잔에 천일주를 가득 따르고 큰 쟁반에 불로초와 불사약을 안주로 담아 실컷 먹으면, 취흥이 드높아 천하의 영웅이라는 진시황과 한무제도 부럽지 않다오."

그쯤 되면 누구라도 자라의 꼬임에 넘어갈 수밖에 없다. 더구나 언제 강자들에게 붙잡혀 죽을지 모르는 토끼의 입장이라면 더 말할 필요도 없다. 토끼는 허영심이 강해서 자라에게 속아 넘어간 것이 아니라, 고달픈 삶을 피하고 싶었을 뿐이다. 훈련대장을 시켜 주고 먹을 것 걱정 없이 잘살게 해 주겠다는 자라의 말에 토끼가 쉽게 속아 넘어가서 수궁으로 들어간 것은 당연하다.

토끼전의 후반부는, 수궁에 들어간 토끼가 용왕을 만나고 자라의 말이 거짓임을 알게 되는 데에서 시작한다. 거기서부터 토끼의 진가가 드러난다.

토끼는 간을 산속 계수나무에 매달아 두고 왔다는 거짓말로 위기를 모면하려 한다. 그것은 단순한 거짓말이 아니다. 용왕을 비롯한 수궁의 대신들을 상대로 목숨을 건 필사적인 거짓말이다. 그래서 처음부터 끝까지 토끼의 태도는 당당하다. 용왕이 자신의 말을 믿지 않자 토끼는 가슴을 두드리며 큰소리 친다.

"용왕께서는 하나만 알고 둘은 모르십니다. 복희씨는 왜 사람 머리에 뱀의 몸뚱이가 되었고, 신농씨는 왜 소머리에 사람 몸뚱이가 되었을까요? 대왕은 왜 꼬리가 저리 기다랗고 몸에 비늘이 번쩍번쩍하며, 소토는 왜 꼬리가 요리 뭉툭하고 털이 요리 보송보송 났을까요? 또한 까마귀를 보더라도 오전 까마귀는 쓸개가 있고, 오후 까마귀는 쓸개가 없는 법인데, 세상 만물 날짐승과 길짐승이 모두 똑같다고 박박 우기시니 참으로 답답합니다."

토끼가 가슴을 쾅쾅 두드렸다. 용왕이 주위를 둘러보니 잉어, 거북, 물개, 새우 등등 모든 바다짐승들이 생김새뿐 아니라 성질까지 다 달랐다. 용왕의 목소리가 한결 부드러워졌다.

간을 어떻게 배 속에 넣었다가 빼느냐는 용왕의 질문에 토끼는 조금도 당황하지 않는다. 오히려 용왕의 마음을 낚아채 자기 쪽으로 잡아당긴다.

토끼가 자신 있게 다리를 쫙 벌려 용왕에게 보여 주니, 토끼의 궁둥이에는 정말 붉은 구멍 세 개가 있었다. 용왕은 고개를 갸웃거렸다.

"저것들이 다 무엇 하는 구멍이냐?"

"첫 번째 구멍으로 소변 보고, 두 번째 구멍으로 대변 보고, 마지막 세 번째 구멍으로 간을 꺼냅니다."

"어느 구멍으로 넣고 어느 구멍으로 내느냐?

"입으로 넣고 아래 있는 세 번째 구멍으로 꺼냅니다. 천지 음양과 사계절의 정기를 받고 아침 안개, 저녁 이슬, 오색 빛을 모두 쐰 뒤, 간을 입으로 넣고 밑구멍으로 내오니 만병에 효험 있는 으뜸 약이라 하나이다."

결국 토끼는 용왕과 수궁의 모든 신하들을 자기편으로 만들어 자라를 공격하기에 이른다. 전세가 역전되었을 뿐 아니라, 수궁이 토끼의 독무대로 변한 것이다.

토끼가 수궁에서 머무는 동안 배꼽을 쥐게 하는 사건들이 질펀하게 펼쳐진다. 토끼가 자기와 입을 맞추면 수백 년을 살 수 있다고 허풍을 떨자, 수십 명 아름다운 무희들이 서로 먼저 토끼와 입을 맞추려고 달려든다. 토끼의 능청스러운 성격이 잘 드러난 해학적 장면이다.

토끼는 앞발을 뫼산 자 모양으로 번쩍 들고 무희들과 어울려 춤을 추었다. 그리고 가장 마음에 드는 무희의 귀에다 조그맣게 속삭였다.

"세상 사람들이 몰라서 그렇지, 내 간뿐 아니라 나하고 입만 맞추어도 삼사백 년은 보통 살 수 있다네. 자네 나하고 입 한번 맞출 텐가?"

수궁의 무희들이 가까이 몰려와 있다가 토끼의 말을 듣고 서로 입을 맞추려고 한바탕 소동이 벌어졌다.

수궁의 신하들은 토끼의 비위를 맞추느라 자라의 어리석음을 앞다퉈 꾸짖는다. 토끼에게 어떻게 보답하는 것이 좋겠냐는 용왕의 말이 떨어지자, 이부

상서 농어는 가장 높은 벼슬에 봉해야 한다고 주장한다. 호부상서 방어도 경쟁을 하듯 용왕에게 남해 수궁을 절반 뚝 떼어 주어도 아깝지 않다고 아뢴다.

"토 선생이 세상에 나가 간을 가지고 돌아오면 공로와 수고에 보답하기 위해 무슨 상과 벼슬을 내리는 것이 좋겠는가?"

조정의 벼슬을 담당한 이부상서 농어가 아뢰었다.

"옛날부터 공이란 벼슬이 가장 첫머리이니 낙랑공에 봉하시고, 학문이 깊고 오묘하니 중서령과 천문 지리 능통하니 태사관을 겸하여 내리소서."

그에 질세라 나라 살림을 책임지는 호부상서 방어도 한마디 덧붙였다.

"토 선생의 공이 어마어마한데 벼슬로만 되겠습니까? 남해 수국을 절반 잘라 주어도 아깝지 않지만, 우선 동정호 칠백 리를 뚝 떼어 주시고, 해마다 좋은 비단 천 필과 진주 백 알을 하사하시옵소서."

농어와 방어는 나중에 큰 이익을 얻기 위해 무조건 토끼에게 잘 보이려 한 것이다. 토끼에게 속은 줄도 모르고 우선 일단 힘 있는 쪽에 줄을 서고 보자는 얄팍한 속셈을 적나라하게 보여 준다. 애초에 그들은 용왕의 병이 낫든 말든 나라가 망하든 말든 관심도 없었다. 자기 한 몸과 가문과 당파를 위해 움직이는 뼛속까지 썩은 기회주의자들일 뿐이다.

처음부터 끝까지 충신으로 그려진 자라도 풍자의 붓끝을 피할 수 없다. 자라는 유일하게 토끼 간이 배 속에 들어 있다고 확신하는 인물이다. 그러나 자라보다 토끼가 한 수 위였다. 자라의 공격에 화가 난 토끼는 육지에서 간을 가져오기 전에 암자라를 약으로 쓰라고 용왕에게 권한다. 용왕은 토끼의 말이라면 팥으로 메주를 쑨다고 해도 믿을 판이다. 결국 자라는 토끼에게 아내를 빼앗기고 목숨을 구걸하는 신세로 떨어진다.

자라가 별 부인을 토끼에게 데려가니 토끼의 입이 함빡 벌어졌다. 책상에 기대어 별 부인을 보며 의기양양하게 말했다.

"저러한 아름다움으로 누추한 곳에 있다가 나 같은 남자를 만나니 가문이 빛나지 않겠소?"

"저는 절개를 지키지 못한 죄인입니다. 더 살아 무엇 하며, 더 말한들 무엇 하겠습니까?"

별 부인의 대답을 듣고 토끼는 한바탕 호탕하게 웃고 나서, 베개를 다정하게 베고 나란히 누워 사랑가로 위로하니 별 부인의 얼었던 마음이 봄날 고드름 녹듯 스르르 풀렸다. 토끼와 하룻밤 잠자리를 하고 난 후, 새로운 정이 얼마나 깊었던지 자라와 백 년 동안 함께하자던 약속은 뜬구름이 되었다. 창문 밖으로 해가 돋자, 별 부인은 토끼의 손을 꼭 부여잡고 보내기 아쉬워 눈물을 흘렸다.

무사히 육지로 돌아온 토끼가 뒤도 돌아보지 않고 산속으로 가려고 하자, 자라는 끝까지 간을 달라고 애원한다. 토끼에게 온갖 욕을 다 먹고, 올가미에 목이 걸려 죽을 뻔하지만 자라는 간을 포기하지 않는다. 오히려 토끼를 놓친 잘못이 자신의 정성이 부족하기 때문이라며 하느님에게 기도를 올린다.

"비나이다, 비나이다. 하느님 전에 비나이다. 제 충성이 부족하여 올가미에 매달려 죽게 되었으니, 저 죽기는 서럽지 않으나 수궁에 병든 용왕을 어찌 하고 죽으란 말씀이십니까. 부디 우리 용왕을 살피소서."

간절한 기도를 듣고 토끼의 마음이 누그러졌다. 자라의 변함없는 충성심과 수로 만 리를 등에 업고 데려다 준 정을 생각하여 살려 주기로 마음먹고 나뭇가지에 묶어 둔 칡넝쿨의 매듭을 끌러 스르르 풀어놓으니 올가미에 붙잡힌 자라가 땅으로 뚝 떨어졌다.

"보잘것없는 짐승이라도 임금을 위하는 마음이 기특하여 살려 주는 것이니 뒤도 돌아보지 말고 얼른 꺼져라."

토끼가 호통을 치고 돌아섰지만, 자라는 정신을 못 차리고 울먹이며 애원했다.

"여보시오, 퇴공. 그냥 가지 말고 파초 잎에 싸 두었던 간 강낭콩만큼만 떼어 주시오."

"아니 저 녀석이 아직 정신을 못 차렸네. 간 떼어 주면 나는 죽으라고."

진즉 간이 토끼 배 속에 있다는 것을 알았으면서도 자꾸 간을 내놓으라고 보채는 자라를 보면 답답하기 짝이 없다. 그런 자라의 모습에서 무너져 가는 조선 왕조의 기둥을 끝까지 붙들고 일으켜 세우려 했던 구한말의 어리석은 지식인이 보인다. 물론 봉건적인 왕정 국가에서 자라는 신하로서 당연한 임무를 수행한 것이고 충신이라 칭송받을 수도 있다. 그러나 참다운 지식인이라면 시대의 흐름을 읽을 줄 알아야 하며, 어떻게 대처해야 하는지 올바른 판단력을 잃지 말아야 한다.

아직 끝나지 않은 토끼 이야기

토끼전은 수궁에서 돌아온 토끼가 독수리에게 붙잡혔다가 또 한 번 지혜를 발휘하여 목숨을 건지는 것으로 끝난다. 굴 밖을 지키고 있는 독수리에게 토끼는 이제 늙었으니 집에서 손자나 봐 주며 살겠다고 큰소리를 쳤지만 과연 토끼의 삶이 평탄했을지 의문이다. 아이들에게 쫓겨 눈 덮인 산비탈을 숨이 턱에 닿도록 달릴 수도 있고, 사나운 솔개에게 붙잡혀 꼼짝없이 죽을 위기에 몰릴 수도 있다. 지금까지 토끼가 잘 지내고 있을지 궁금하다.

토끼는 이 세상에서 평범하게 살아가는 소시민을 상징한다. 삶에 위기가 닥치는 것은 조선 시대 사람들이나 현대인들이나 마찬가지다. 삶이란 크고 작은 위기를 극복하는 과정이다. 토끼가 자라에게 속아 곤경에 빠지기도 하고 올무와 독수리에게 걸리기도 했듯, 사람들은 사기를 당하기도 하고 이익을 좇다가 엉뚱한 사건에 얽히기도 한다. 세상이 더욱 복잡하게 계층화 다원화된 오늘날, 이름 없는 서민들이야말로 위험에 노출된 토끼들이다.

토끼전이 궁극적으로 말하고자 한 것은 무엇일까? 한 주먹도 안 되는 토끼가 어떻게 수궁을 탈출할 수 있었는지 떠올려 보자. 흔히 토끼의 지혜라고 생각하겠지만 더 중요한 것이 있다. 그것은 바로 토끼의 자각이다. 어쩌면 토끼전의 지은이는 우리에게 토끼가 수궁에서 얻은 깨달음을 들려주고 싶었는지 모른다.

수궁의 군졸들에 의해 용왕 앞에 내동댕이쳐진 순간, 토끼는 자기가 처한 상황을 분명히 깨닫게 되었고, 남들 눈에 보잘 것 없지만 하나밖에 없는 목숨이 경각에 달렸음을 알았다. 용왕의 목숨이 하나이듯 토끼 자신의 목숨도 하나다. 생존에 대한 강렬한 욕망을 느끼자 토끼의 마음속에 분노가 생겼다. 그것은 자기만 살려고 남의 목숨을 빼앗으려는, 약자의 생명을 너무 쉽게 보고 무시하는 용왕에 대한 분노였다. 분노는 용기를 낳는다. 쥐도 막다른 골목에 몰리면 고양이를 무는 법이다. 토끼도 극한의 위기에 빠지자 용기가 솟아올랐다. 그리하여 간을 육지에 두고 왔다는 터무니없는 거짓말을 용왕 앞에서 태연하게 할 수 있었다. 토끼는 간 때문에 죽게 되었다는 것을 알고, 오히려 약점인 간을 십분 활용하여 강점으로 삼아 위기를 극복했다. 죽음을 눈앞에 두고 본능적인 깨달음, 분노, 용기 덕분에 목숨을 건질 수 있었던 것이다.

대한민국 경제는 발전했다고 하는데, 무슨 일인지 토끼들은 점점 늘어나고 있다. 추운 겨울 오들오들 떨며 폐지를 주우러 다니는 어르신 토끼들, 사회의 편협한 시각과 빈약한 복지 시설 때문에 세상에 나오지 못하는 장애우 토끼들, 학교와 학원 사이에서 방황하는 청소년 토끼들, 엄마 토끼들 아빠 토끼들…….

그 밖에도 꽤 오래 전부터 새로운 토끼들이 나타났다. 외국인 노동자들이다. 토끼가 도저히 육지에서 먹고살기 힘들어 수궁으로 들어갔듯, 그들도 삶의 활로를 찾아 대한민국을 찾아온 사람들이다. 열악한 산업 현장에서 고된 노동과 언제 추방당할지 모르는 불안감에 시달리면서, 자기 나라로 돌아가려 하지 않는 그들도 우리가 보듬고 더불어 살아가야 할 토끼다.

현대인들이 토끼전에서 세상의 약자들을 향한 연민을 배웠으면 한다. 우리는 모두 토끼일 수도 있다. 나만 토끼가 아니라 너도 토끼라는 생각, 그래서 너도 참 가엽다는 한줄기 소나기 같은 이타심이 메마른 세상을 좀 더 촉촉하고 살 만한 곳으로 만들 것이다.

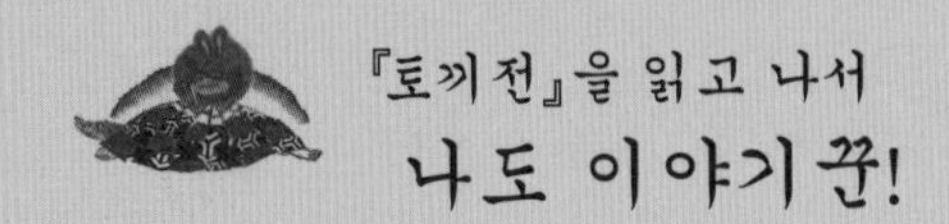

『토끼전』을 읽고 나서 나도 이야기꾼!

❶『토끼전』은 동물을 의인화한 우화 소설이라 할 수 있다. 『토끼전』에 나오는 동물들은 어떤 인물들을 풍자해서 의인화하였을까 생각해 보자. 그리고 의인화한 등장인물들을 참고하여 나만의 우화 소설을 써 본다고 가정할 때, 어떤 동물들로 쓸지 생각해 보자. 그런 다음 왜 그 동물들이 등장하는 우화 소설을 쓰려고 했는지 얘기해 보자.

❷『토끼전』에 나오는 주요 등장인물은 토끼와 자라이다. 토끼와 자라 가운데 누구 처지에서 작품을 읽는가에 따라 『토끼전』에서 느끼는 주제는 다를 수밖에 없다. 토끼와 자라를 각각 주인공으로 했을 때, 이 작품은 어떤 주제를 말하려고 하는지 얘기해 보자.

(1) 토끼가 주인공이라면?

(2) 자라가 주인공이라면?

❸ 줄거리 말해 보기

『토끼전』 줄거리를 3~5분 분량(시간을 적절하게 조정할 수도 있다)으로 말해 보자. 몇 명씩 모둠을 이루어 3~5분 분량으로 만들어 보고, 완성이 되면 모둠별로 발표를 해 보아도 좋다. 모둠별로 어떻게 다른지 감상하면서 들어 보자.

❹ 거짓말도 거짓말 나름일까? 선의의 거짓말도 있다?

『토끼전』에서 토끼와 자라는 자신의 목적을 이루기 위해 서로 거짓말을 하게 된다. 거짓말은 다 나쁜 것일까? 자라는 토끼를 속여 용궁으로 잡아가려고 거짓말을 했다. 토끼는 용궁에서 자기의 목숨을 건지려고 거짓말을 꾸며 냈다. 두 거짓말은 성격이나 그 의도한 바가 다르다고 볼 수 있다. 상황이나 의도에 따라 거짓말은 해도 되는 것인지 또는 자라와 토끼의 거짓말 중 어느 것이 선의의 거짓말인지 두 팀으로 나누어 토론을 벌여 보자.

❺ 나만의 『토끼전』 쓰기

『토끼전』 이야기의 전개 과정별로 아래와 같이 각 판본을 참조해 구분해 보았다. 판본별 이야기 전개 과정을 참조하여 빈 칸에 나만의 『토끼전』을 써 보고 발표해 보거나 글로 써 보자.

나만의 『토끼전』

대단락	주요 사건	이본별 주요 사건				나만의 토끼전
용왕, 병에 걸리다	용왕이 병을 얻다	영덕전 완공 잔치로 생긴 병	황주 땅에 비 주러 갔다 생긴 병	밤낮 주색을 즐기다 얻은 병		
	용왕이 탄식하다					
토끼 간을 먹어야 낫는다	명의가 나와 명약으로 토끼의 간을 처방하다					
	어족 회의에서 별주부가 선발되다	주변 인물들이 추천하다	도사가 평가하여 추천하다	별주부가 자원하다		
별주부, 토끼 간 구하러 육지로 가다	별주부, 바다를 떠나다	어머니와 아내가 만류하다	어머니와 아내가 호응하다			
	별주부, 육지에 오르다	별주부가 큰 기대를 품다				
	육지에서 모족 회의가 열리다	두꺼비 상좌	호랑이 상좌	두더지 별좌		
	호랑이가 횡포를 부리다					
	별주부가 호랑이의 위협에서 벗어나다					
별주부, 토끼를 유혹하여 수궁으로 데려오다	별주부가 부귀영화를 약속하며 토끼를 유혹하다					
	방해자 등장	너구리가 만류하다	여우가 만류하다			
	토끼가 별주부와 함께 수궁으로 가다					
토끼, 용왕을 속이다	토끼가 산속에 간을 두고 왔다는 궤변으로 수궁 위기 벗어나다					
토끼, 수궁을 탈출하다	토끼가 육지로 돌아오다					
토끼 귀환 이후 운명	토끼	그물에 걸렸다 살아남	독수리에게서 살아남	달나라로 망명함	신선의 제자가 됨	
	별주부	도사에게서 신약을 얻다	소상강으로 피신하다	자살하다		
	수궁과 용왕	자라 부인 죽고 열녀 표창받다	수군, 육지정벌 실패하다	용왕의병이 낫다	용왕이 죽다	

[표] 1 한양대 류수열 교수 자료